dominique loquien . cours
techniques . html .

LES CHEMINS
NOUS INVENTENT

Philippe Delerm

LES CHEMINS NOUS INVENTENT

Photographies de Martine Delerm

STOCK

Nés tous deux en 1950, Martine et Philippe Delerm sont professeurs de lettres en Normandie. Martine réalise par ailleurs, textes et dessins, des albums graves et poétiques pour les enfants, dont *Origami*, Prix Enfance du Monde 1990, *La Petite Fille incomplète*, mention honorable à la biennale de l'illustration de Bratislava, *Je m'appelle Alice* (tous aux éditions Ipomée-Albin Michel), et écrit des récits policiers pour la jeunesse, *Meurtre à Honfleur*, *L'Anse rouge* (aux éditions Magnard). Philippe publie, depuis 1983, de nombreux livres dont *Autumn*, Prix Alain-Fournier 1990, et *Mister Mouse* (aux éditions du Rocher). En 1997, il reçoit le Prix des Libraires pour *Sundborn ou les Jours de lumière*, en même temps que paraît *La Première Gorgée de bière*.

Pendant dix ans, Martine et Philippe Delerm ont arpenté, appareil photo en bandoulière pour elle, carnet de notes dans la poche pour lui, les sentiers qui les entourent. Ainsi est né ce livre, *Les chemins nous inventent*.

« Nos traces en ce monde sont les plus lourdes
là où nos pas furent les plus légers. »

Jean GIRAUDOUX

Balades, flâneries… Je cherche le mot le plus léger
pour dire ce que furent ces instants volés au ciel de Normandie. Oui, tout autour de chez moi, et pas très loin le
plus souvent. Mais après tout, cela pourrait aussi bien être
partout ailleurs. C'est le regard qui compte, et cette envie
d'aller par les chemins. Bien sûr, les rivières étaient belles.
Mais d'un matin de gel à la lenteur d'un soir d'été, la
lumière les appelait, chaque fois différentes. J'apprenais à
nommer la campagne qui m'entourait, mais elle menait
toujours plus loin. J'apprenais à me perdre plus qu'à me
retrouver. Ah oui ! par le chemin des mûres on apprenait
un jour qu'on pouvait retrouver le sentier de la Risle. Et la
chapelle abandonnée qu'on n'a jamais revue ? On ne com-
mande pas, il faut se laisser faire, et croire à ce mystère qui
s'éloigne dans un rond parfait, au bout des allées cavalières. A pied ou bien à bicyclette, on est toujours par les
chemins comme un adolescent dans un roman d'André
Dhôtel. On croit tenir le monde dans la perfection d'un
champignon, alors un ailleurs se dessine…

Dix ans de flânerie à deux, et ça, c'est un tout autre privilège. Partager le silence des chemins avec la femme que l'on aime. Je griffonnais des notes, elle prenait des photos. De ces regards croisés passaient plus tard des images et des mots qui marchaient l'amble. Il n'y avait rien que des lumières échangées et quelquefois un café chaud, très tôt, au hasard d'un village. Mais aujourd'hui je vois qu'un livre est né ; je tremble un peu de voir qu'il nous ressemble, de maraudes en chemins d'eau. Léger, fragile, un livre de balades, de saisons, dix ans flânés à regarder ensemble.

Les chemins nous inventent. Il faut laisser vivre les pas.

HARMONIE
DE PRUNIERS EN NEIGE
Beaumont-le-Roger

J'aime bien les brouillards, les brumes endormies dans le temps immobile. J'aime le gris, le vert pâle et le roux, quelque chose de l'Angleterre dans la douceur de vivre en Normandie. Et puis, sans trop me l'avouer, j'attends la déchirure, l'éclaboussure d'un soleil à peine printanier, comme une clairière un peu folle dans la forêt des jours. On se promène en pull, soudain, on déambule sans raison, buvant à pleine soif l'eau pure d'un instant qu'il faut saluer avec bonheur, le corps et l'âme ensoleillés. C'est tout sauf un moment prémédité. Cela vous prend de préférence au mois de mars, au cœur de la semaine, à l'heure de midi, et toujours par surprise. Il faut avoir le temps, toutes affaires cessantes, temps de marcher, de s'arrêter, de regarder — le temps à perdre est le meilleur du temps gagné.

Cela m'a pris chez moi encore cette année, et j'ai flâné tout un après-midi dans Beaumont-le-Roger. Beaumont... Si l'on m'avait dit qu'un jour ma vie tiendrait à l'ombre de ce nom, que le bonheur aurait les courbes douces de la Risle... Mais voilà quatorze ans, et je ne demande plus rien que de poursuivre le voyage. On vit ici comme partout, sans doute, on est heureux, on souffre, on meurt : voilà ce que m'affirme la raison. Mais le cœur chante pour me dire qu'ici tout est un peu plus beau, plus vrai, plus sage — tant pis pour la raison, j'écoute la chanson.

L'île claire au soleil… C'est aujourd'hui. Dans les jardins de la mairie, une petite fille tient sa grand-mère par

la main. Ce n'est pas encore l'heure d'aller à l'école. La petite fille saute à cloche-pied, mais la grand-mère aussi semble toute légère, d'une légèreté de l'intérieur, mariée au ciel bleu.

Les pruniers, les prunus seront la seule neige, cet hiver : une neige au soleil, un peu rose, un peu blanche, tremblante dans le vent léger. Après tant de pluies mornes, le clocher de l'église accueille avec un plaisir manifeste cette parure délicate qui l'habille au regard des passants nonchalants du bord de Risle. Tout en haut, dans sa guérite, Régulus polychrome n'est pas fâché de transformer le stoïcisme en volupté.

Quelle calme fraîcheur le long de la rivière, entre les marronniers ! Deux joueuses frappent la balle avec une raquette — rien à voir avec le tennis, avec les forçats du loisir endimanché. Jouer, marcher, être là, regarder : c'est la même prière offerte au présent qui s'écoule. La vraie richesse, c'est d'avoir le temps. En 1989, qui parle d'abolir ce privilège ?

Je marche en saluant quelques désœuvrés au passage, et quelques travailleurs qui vont à leur travail à l'allure de désœuvrés. Les chats dorment au soleil sur le gravier des cours tiédies. Un retraité repeint la barrière de sa maison. Deux voisines papotent. L'air est de l'eau. Le silence est rempli de courants imperceptibles, d'un bien-être diffus, caresse transparente au fil des pas. La sente monte vers le prieuré. Entre les hauts murs gagnés d'ombre, des taches de soleil en ogives dansantes, comme un vitrail absent

de la mémoire, l'image pure profilée d'une autre vie. Reflet couleur de miel de siècles effacés — la pierre est presque chaude, et des voix se sont tues, qui savaient le prix du soleil, la joie de la lumière.

Je grimpe l'escalier aux marches taillées dans la pierre. Voilà. Je suis dans les ruines de l'abbaye. Ruines ? Le mot ne donne pas cette tonalité sereine de l'endroit, campé sur un tapis d'herbe profonde, brillant au soleil neuf. Quelle onctuosité que cette herbe normande, gonflée d'attente et de pluies évanouies. La pierre autour en est plus blanche, plus vivante. Une gravure ancienne montre ces vestiges moyenâgeux dans une tonalité très dix-neuvième, où le poète romantique passerait, cheveux au vent, mélancolique. Il y manque cette plénitude, cette tranquille explo-

sion des couleurs au grand soleil, qui fait battre le cœur,
oublier toute pose pour vivre le talent d'un instant de ciel
bleu gorgé de sève forte. Ce théâtre ne peut pas vivre de
passé. Chaque été y ramène une jeunesse rassemblée par le
plaisir de bouger, de danser, de profiler des ombres neuves
pour des spectacles bien vivants sur la pierre d'hier.

Mais aujourd'hui, personne. En contrebas, le bourg
fait une sieste de chat — on sent à peine le frémissement
de quelques rêves. Beaumont…

— Si vous aviez connu le vieux Beaumont! me dit-on
quelquefois.

Je sais. Il y avait le château, de longues allées d'arbres,
la guerre a tout changé.

Tout? J'ai retrouvé une carte postale ancienne de la rue
Chantereine en 1900. Un chien dort au milieu de
la chaussée. Des jeunes gens à casquette enfourchent leur
bicyclette avec le même plaisir que d'autres éprouvent
aujourd'hui à se croiser sans se presser, les mardis de marché. Il y avait au carrefour près de l'église un horloger et un
tailleur. Il y a un libraire, un pâtissier, toujours la même
pharmacie. Des jeunes filles au milieu de la rue sourient au
photographe… Quelque chose dans l'air sépia avait même
douceur, même talent pour prolonger en promenade les
courses quotidiennes, en conversation inutile les bonjours
esquissés. Je serais beaucoup plus chez moi rue Chantereine en 1900 qu'à présent dans les tours de la Défense.

Voilà ce que je pense en dominant ces rues qui me
dominent, guident ma vie par des chemins tranquilles
où il fait bon se ressembler, marcher patiemment sous
la pluie, et puis un jour, tout ébloui, dans le premier soleil
où neigent les fleurs fragiles du bonheur, à cueillir du
regard, sans hâte, sans remords, en espérant l'année
prochaine…

LE DERNIER FEU

Pacy-sur-Eure

Même si le calendrier n'est pas d'accord, le dernier jour d'automne est au creux de novembre. Il y a eu d'abord d'infimes rougeoiements. Puis, sont venues les nuances de l'ambre. Mais la vraie fin des feuilles est jaune d'or. Un jour, il y a cet éclat dans le ciel qui annonce les premiers froids. La nuit suivante, le gel mordra les rescapées, et puis voilà. « Crois-moi, c'est bien fini jusqu'à l'année prochaine », écrivait Jules Laforgue. C'est juste ce moment-là qu'il faut saisir, juste avant que ce soit bien fini jusqu'à l'année prochaine.

Dès le lever du jour, ce matin-là, j'ai senti dans la pureté de l'air ce rien d'abandon languide qui annonce la dernière fois. Une dernière fois marcher en pull, une dernière fois se sentir du dehors et s'exposer. A Pacy, la petite ville bourdonnait de courses dominicales, de manèges, d'affairements domestiques et d'encombrements automobiles. Mais il y avait sûrement quelque part un coin où déguster l'or du dernier soleil. Après bien des petites rues cachées derrière l'église, j'ai fini par trouver. Promenade Pierre-Richard-Taron.

L'idée d'aménager une promenade était déjà séduisante. Mais quelle heureuse surprise de voir qu'elle épousait le bord de la rivière, offrant au flâneur anonyme un ourlet de liberté! Pas si fréquent, de pouvoir en Normandie goûter ainsi le bord de l'eau! Un peu étrange aussi d'entendre si près de soi la rumeur du bourg, le flot des

voitures, et de plonger en même temps au cœur de la nature. Il y a d'abord tous les fonds de jardins longés, les barques plus ou moins abandonnées, les pontons, les escaliers de fortune. Amusant, de découvrir ainsi par l'envers les secrets des propriétés, les petits cabanons de jardiniers, un certain désordre potager qui dit la vie bien mieux que les façades. Une image aussi propre à cette année : les arbres qui ont déjà perdu leurs feuilles les ont perdues d'un seul coup, et les couronnes rondes dessinées dans l'herbe ont une perfection un peu étrange, comme un reflet de miroir.

La lumière est presque trop belle en cette matinée précieuse. Oui, comme on dit parfois d'un paysage qu'il semble presque de mauvais goût, quand les couleurs en sont trop éclatantes ou trop originales. Ainsi ces canards familiers qui s'approchent à votre passage, baignent-ils dans un contre-jour éblouissant et mauve, une tonalité d'avant l'orage. Pourtant, rien ne menace.

Mais c'est le jeu de ce jour-là. Les ombres encore froides et longues, une lumière déjà très vive, et les cou-

leurs d'automne : la symphonie en naturel majeur a des
accents artificiels à force de beauté. Ce ne sont pas les bou-
leaux découpés sur la rive opposée qui me démentiront.
<u>Passe pour</u> leur feuillage aérien, encore frêle et léger,
sous le ciel clair. Mais leur reflet dans l'eau moirée de
bleu est d'un or stupéfiant. Plutôt qu'un feuillage dans

l'eau, on dirait la lumière
du café provençal de Van
Gogh contre la nuit. Peut-
être chaque jour rêve-t-il
en secret de cette singu-
larité, de cette atmosphère
unique. La fin de l'au-
tomne y est pour beau-
coup bien sûr, avec ce
soleil qui vient aussi du
sol où l'on avance en s'en-
fonçant dans les feuilles
encore souples. Mais le
soleil oblique et pourtant déjà mûr connaît aussi son rôle.
Dans les haies vives, leurs talents conjugués déferlent en
glorieux désordres : feuilles vernissées des lierres et des
houx, baies rouges d'églantier allumées de reflets, feuilles
jaunies de branches entrecroisées : le ciel bleu s'efface dans
cette profusion de couleurs chaudes, dans ce fouillis royal.

Il y en a trop pour un seul jour, et si l'on songe aux grisailles sourdes qui vont nous venir pour longtemps... Mais
c'est bien que ce jour-là ait un talent un peu gâcheur, trop
de dons, trop d'éclat. Il faut le boire et le garder, le long de
l'Eure. Je ne suis pas le seul. Dans le bonjour que me lancent deux pêcheurs, le sourire d'un jogger plutôt noncha-
lant, l'éclat de rire d'un enfant que son papa porte sur les
épaules, passe cette connivence. Tous les goûteurs de jour

prennent ce matin-là des photos de mémoire. Des saules centenaires se penchent vers l'eau jusqu'à se cambrer, pour mieux profiter eux aussi de cette fraîcheur claire.

A l'horizon, des collines sages tiennent à l'enclos un bonheur si facile en cette mi-novembre qui prend un air d'été. « Mais si, vous vous souvenez bien, c'était le jour de votre déménagement, on avait même pu pique-niquer dehors. » Je crois que chacun garde ainsi ces souvenirs d'exploits tardifs, de voluptés inespérées dans la tiédeur de ce dernier beau jour, qui vient quand on ne l'attend plus. Colette écrivait si joliment « le dernier feu » pour évoquer la fin d'hiver, l'ultime instant clos près de l'âtre, quand les violettes mouillent déjà l'herbe. Mais j'aime encore mieux le dernier feu dehors, le dernier feu de cette fin d'automne. Que flambent les couleurs le long de l'Eure, que leur talent soit au-delà du goût, car ce jour-là est le plus fort, et son dernier soleil est le plus doux.

LA DOUCEUR DU VILLAGE

Au Bec-Hellouin

Bien sûr, on vient, et de très loin, pour l'abbaye. Bien sûr, la tour Saint-Nicolas, entr'aperçue au hasard de la petite vallée, semble le point d'ancrage de l'espace. Bien sûr, on vient pour la prière, ou pour la côtoyer, pour la sagesse, ou bien pour en frôler les robes claires. Mais les lieux inspirés ont  ce pouvoir de donner de leur âme à tout ce qui les touche, et la magie de l'abbaye s'étend bien au-delà du mur d'enceinte…

Le Bec-Hellouin est un village. On s'y attarde, bien après la visite. Sur la route, au-delà du lavoir, on prend ce recul qui permet d'admirer le site, et de changer aussi la perspective, un peu. A travers une grille, ou par-dessus les arbres et les toits, la tour Saint-Nicolas se fait moins hiératique, et semble proche et tutélaire. Elle s'amuse à chapeauter l'horizon découvert sur toutes les maisons. Elle y prend du plaisir, et comme une douceur fraternelle. C'est que le Bec est un village, et ce village a du talent. S'il en était autrement, les visiteurs le fuiraient au plus vite. Mais ils restent, flâneurs, et souvent jusqu'au soir.

C'est bon, par les jours chauds d'été, d'entrer sans
idée préconçue dans les boutiques des artisans, des
brocanteurs. Avec un mimétisme inconscient, chacun
adopte le même rythme, la même lenteur déambula-
toire. Entre deux maisons à pans de bois, c'est bon de
se sentir attiré par le mystère d'une venelle. A droite, à

gauche, par-dessus les murs bas, on aperçoit des lupins,
des salades, une harmonie florale ou potagère. On se
sent presque en fraude, mais la tentation est trop forte :
on descend jusqu'à l'eau. Au bout du chemin d'herbe,
un lavoir se penche sur le Bec : malgré l'apparente
sécheresse de son nom, malgré sa minceur, la rivière
irrigue toutes les images. Par-delà les jardins, les arbres
penchent jusqu'à l'autre rive. Au loin, des herbes longues
et pâles, un peu de brume de chaleur à l'horizon. Les
vaches se tiennent là debout dans une immobilité
patiente, jouent dans le tableau le rôle nécessaire des
bruns mats, sur fond de vert argent. La tour Saint-
Nicolas que l'on découvre en se glissant sur le côté prend
une fraîcheur d'aquarelle.

On s'en revient aux rues tranquilles du village. En longeant les maisons, tant pis si la curiosité est un vilain défaut : c'est bon de happer au passage l'intimité chaude d'une salle à manger rustique — on croit sentir la cire : elle se mêle au chèvrefeuille. Après tout, les rideaux « bonne femme » sont un peu là pour ça. Bona fama, bonne répu-

tation : on a le droit de cueillir l'atmosphère, et ce jardin découpé au fond d'une salle obscure par la perspective d'une seconde fenêtre. Car il y a des gens qui vivent au Bec, et cela semble un luxe fou quand vient l'été : avoir en même temps dans son jardin le rouge des groseilles et la douceur bénédictine.

Un autre rouge est joliment décliné au long des rues : celui des géraniums, égayant les fenêtres à petits carreaux, caressant souvent les courbes de la vigne vierge. Une gaieté pimpante vibre au soleil, et donne au Bec une tonalité d'opérette tempérée par la bienveillante autorité de la Tour. Toutes les occasions sont bonnes pour prolonger la parenthèse. C'est bon de prendre un pot dans le café de plein air. La blondeur embuée de la bière reste longtemps posée sur la table blanche. La première gorgée prise, on a saisi le meilleur ; pour le reste, c'est bon de garder la couleur, de prolonger l'instant, de se dire après tout qu'on pourrait bien rester dîner ; la vieille vigne déferlante habille si complaisamment la porte du restaurant caréné de bois doux. C'est bon, l'idée de s'embarquer jusqu'à la fin du jour.

Plus tard, beaucoup plus tard, des lampes vont s'allumer au creux des feuilles. Mais c'est comme si la nuit ne devait jamais venir. On s'en ira marcher près de l'école — quel privilège aussi d'être écolier dans cette cour-là, d'avoir ses souvenirs de cache-cache, ses rêveries par la fenêtre au cœur de ce décor ! C'est bon le Bec, quand les soirs de l'été s'étirent à l'infini.

En contrebas, l'enclos de l'abbaye se mêle aux rires clairs imaginés dans la cour de l'école. La tour Saint-Nicolas s'endort dans l'idée des jardins, des lavoirs, des cerises. Entre la prière et le fruit, la silhouette blanche au loin, le parfum lourd des roses, le Bec est un village. Une harmonie.

CHEMINS DU TEMPS
ET DE L'ESPACE
Vallée de la Risle

Ce petit coin de la vallée de la Risle, je crois que je vais le garder pour moi. Cela fait près de quinze ans que je le pressentais, le devinais, sans savoir quel chemin pourrait m'en rapprocher. Il y a des balades-circuits, satisfaisantes pour l'esprit, qui dessinent une boucle dans l'espace, et nous donnent la sensation de maîtriser le paysage. Il y a des balades-aller-retour ; le charme en est très différent : à la monotonie de l'idée de retour, elles opposent en compensation le sens d'un ailleurs indécis, toujours un peu mystérieux — on va jusqu'à la ferme abandonnée, mais qu'y a-t-il après ? Le soir descend ; on s'en revient, on va prendre un thé chaud, un chocolat ; on parle à petits coups ; mais on sent dans son dos comme l'appel d'un chemin différent, la promesse effleurée de ce plus loin qui fait tout le désir.

Il y avait pour moi les bords de Risle, après le Val Gallerand. Il fallait se chausser de bottes, et très vite le chemin devenait impraticable, on était déjà loin… Quoi d'autre à faire que s'en revenir ? Mais insidieusement, la sécheresse de l'été dernier donnait envie d'aller plus loin, de dépasser le gué, de découvrir un curieux petit pont métallique… Il  y avait la promenade des mûres, après le hameau du Milan : entre deux hautes haies de buissons, la route devenait chemin, et ne semblait conduire qu'à cette ferme curieusement précédée de deux porches de pierre, solennels, gagnés par la végétation, dans la plus pure tradition des gravures romantiques. Pendant quinze ans, ces deux promenades sont restées pour moi deux « côtés » aussi éloignés que ceux de Guermantes et de Swann : d'une part le plateau, le chemin des mûres, balade de septembre à la mélancolie fruitée de fin d'été; de l'autre la fraîcheur envoûtante, la voie difficile d'une Risle secrète, préservant le meilleur de ses eaux claires… Et puis voilà, j'ai découvert le troisième chemin : le troisième désir, qui ne m'a d'abord mené que vers lui-même, avant de marier les deux autres.

Depuis longtemps, un peu avant La Ferrière, j'aimais ce coup d'œil sur la vallée : très en contrebas la rivière s'y dessinait nettement l'hiver, puis se diluait dans les feuillages. Je n'avais jamais vu que l'orée d'un sentier m'attendait là. Je ne crois pas au hasard, dans ce domaine : un jour on voit le début du sentier, parce qu'on a en soi assez d'attente et de désir.

Décembre, c'était un bon mois pour descendre ainsi vers la vallée. Il y avait encore assez de feuilles rousses ; il y avait déjà, dans l'entrelacs des branches dénudées, cet horizon mauve, l'austérité des pins, sur l'autre versant. Cette

musique cristalline si régulière qui accompagne les pas, ce n'est pas du grésil, mais la chute des feuilles. Vous savez, cette valse lente, qu'a si bien chantée Cyrano ; c'est à ce moment-là, en décembre déjà, pour les dernières feuilles, un peu plus coquettes, un peu plus libres d'espace pour tourbillonner savamment.

Un pâle soleil d'hiver filtre à travers les branches. Le tapis de feuilles est au plus haut ; les pas s'y enfoncent délicieusement dans la fin de l'automne, alors que tout déjà parle d'hiver. De çà, de là, un houx porteur de boules rouges se détache sur le décor ambré. Le sentier est pentu ; très vite il atteint la rivière, et prend aussitôt des allures britanniques. C'est un chemin pour un lapin de Beatrix Potter : une trace toute douce, un peu incurvée, pour le

passage des pattes, et par-dessus deux haies serrées qui se
mêlent en arceau. Dans le fouillis des lianes qui me sépare
encore de la Risle, j'entends soudain une impressionnante
vibration ; c'est un héron que j'ai dérangé, et qui s'envole à
longs coups d'ailes par-dessus les champs.

Pas un bruit maintenant. Ce sont des terres de silence,
de reflets. Du côté du sentier, petites feuilles jaunes enchevêtrées dans les buissons, corps noueux des saules et des
aulnes. A la belle saison, des pêcheurs doivent avoir là leurs
terres de solitude. En décembre, l'idée d'une rencontre
paraîtrait saugrenue.

Quelle volupté d'avoir la Risle pour soi seul ! Ses eaux
vives affleurent les pierres ; le soleil pâle tiédit le cours de la
rivière, blondit les herbes de la rive. Là-bas, sur l'autre
bord, c'est toute une Irlande qui commence avec une herbe
rase, d'une clarté presque éblouissante quand le soleil
revient, après le passage d'un nuage.

Ah oui ! c'est bien là le pays que je rêvais de découvrir,
d'aborder : au printemps j'y reviendrai lire, écrire, et le
plaisir sera multiplié par ces quinze ans d'attente, avant de
découvrir ce long secret des bords de l'eau. Mais aujour-
d'hui, il fait trop froid pour s'arrêter. J'avance, sans autre
désir que de confirmer ce petit miracle, et tout à coup…
C'est bien le pont métallique, et c'est donc bien le même
chemin qui mène jusqu'au Val Gallerand !

Un autre sentier s'ouvre sur la gauche, en remontant
vers le plateau. Je l'emprunte, et bientôt… Le porche
solennel, la balade des mûres ! Inventer la surprise de se
retrouver, c'est bien plus que se perdre ! En quelques
minutes, je viens de nouer dans l'espace et le temps des fils
invisibles, et de changer la trame de tant d'heures passées.
Les chemins nous inventent.

Il faut laisser vivre les pas.

FLÂNER PRÈS DE LA MÉSANGÈRE

Bosguérard-de-Marcouville

Deux pigeons s'aimoient d'amour tendre
L'un d'eux, s'ennuyant au logis,
Fut assez fou pour entreprendre
Un voyage en lointain pays.

Qui ne connaît la duveteuse légèreté de cette fable de La Fontaine, sa douceur mélancolique, sa sagesse désenchantée ? J'avoue que, pour ma part, si la parfaite cadence des chemins « montants, sablonneux, malaisés » m'a toujours laissé froid, je ne résiste pas au charme nostalgique des *Deux Pigeons*. Quel bonheur de découvrir alors que ces vers ont été écrits « chez nous », en plein cœur du Roumois, au château de La Mésangère ! Mésangère et pigeon : déjà les noms s'envolent. Ils chantent mieux encore quand

on sait que Fontenelle venait également sous ces ombrages
d'un parc dessiné par Le Nôtre. Fontenelle ou La Fontaine
au long des allées de La Mésangère ! C'est toute une eau qui
coule dans la fraîcheur liquide de ces mots si français,
mêlant à la limpidité de l'intelligence une souplesse nonchalante, le talent de cueillir la vie quand elle passe.

   C'est vrai qu'il faudrait être fou pour partir en « lointain pays », quand un domaine extraordinaire peut surgir
de la plaine, succéder sans effort à l'espace du blé en herbe
ou des champs de colza. Par une de ces belles fins d'après-
midi couleur de bière, au soleil fléchissant, des amis m'ont
fait découvrir La Mésangère. Rien n'annonce ce petit
miracle. La route minuscule ne paraît mener nulle part.
Elle s'enfonce dans le sous-bois comme pour rafraîchir
quelques instants le promeneur à bicyclette. Et puis soudain, sans aucune solennité préparatoire, le couvert des
arbres prend des airs d'esplanade, s'incurve et découvre un
fossé, la demi-lune d'un mur bas, et cette étonnante statue
de Zéphyr et Flore : si les personnages vous tournent le
dos, c'est moins par mépris que par discrétion. Ils vous

invitent à regarder comme eux, au bout de la longue allée, la tache rouge chaude du château.

Tout au long de la promenade, les postures des statues, l'immensité des allées dessinées en étoile conduisent à l'idée du château. Mais le château lui-même, pour peu qu'il apparaisse de loin en loin, semble bien frêle et sage

au regard de tous les talents déployés pour converger vers lui. Il y eut ici un ancien château fort, détruit par le duc de Mayenne, reconstruit par Guillaume de Fay, de Bourg-Achard, et de nouveau détruit. Au XVIIᵉ, Jacques Scot acheta le domaine, et fit tracer les jardins par Le Nôtre. Les statues vinrent les habiter au XVIIIᵉ.

De tous ces passages, de tous ces siècles enfuis, il reste moins une demeure qu'une soif, une attente, des perspectives et des recoins. Dans les herbes hautes, Zéphyr et Flore folâtrent à contre-jour, et tout est si léger.

Une lumière. L'ambre se voile un peu, la bière fait la place à la tisane. Peut-être à cause des tilleuls centenaires, là-bas, près des moutons. Mais non, pas seulement. Ce soir de mai s'étonne à retrouver tant de douceur, après un vent de l'est frisquet. Tout s'apaise au long du mur que vous suivez, le long du chemin droit.

La Mésangère est à frôler, à longer, à inventer. Dans ces balades, l'envie me vient parfois de joindre le propriétaire ou le responsable d'un domaine, et de solliciter une autorisation. Mais je n'en fais jamais rien.

D'abord, le jeu consiste à permettre au lecteur de suivre mes pas, si l'envie lui en prend. Mais, surtout, c'est bon d'être un longeur, un dégusteur en fraude. Foin des discussions officielles et des points de vue obligatoires. La Mésangère est l'exemple parfait de ces promenades où le meilleur se cueille en bordure, en lisière, et sans rien déranger. Tout juste faut-il se hisser vaguement sur un recoin du mur pour découvrir la colossale tranquillité d'un Hercule buveur de verdure. Devant tant de suavité offerte par le végétal, il semble plongé dans une réflexion où la force lui apparaît soudain bien dérisoire.

Plus loin, une statue plus élancée s'est nichée près de dépendances en briques, le long d'un mur à espaliers. Les boutons-d'or déferlent sans vergogne au pied du socle de l'éphèbe. Verra-t-on surgir le valet amoureux de la servante, ou le marquis contant sa flamme à la marquise ? Ils se cachent en tout cas, ils sont prestes et ils sont là. On est dans le décor naturel d'une pièce de Marivaux. Rien ne compte que l'amour, la joie et la tristesse, la défiance et l'abandon.

Plus loin encore, le château apparaît plus nettement, mais comme un presque pavillon de chasse, à demi caché par les tilleuls, et protégé par l'image des moutons broutant dans le contre-jour les flaques de lumière.

De l'autre côté, le Roumois déploie jusqu'à un petit clocher d'ardoise sa campagne la plus plate, la plus simple, comme pour faire valoir les mystères dessinés de La

Mésangère. Sous les hauts marronniers aux hampes blanches, on peut suivre ainsi le tracé du domaine jusqu'à la grille un peu trop ostentatoire, aux armes de Chrétien de Fumechon.

Il vaut mieux s'en revenir aux ombrages, à la gaieté de Flore, à la tisane. Et si la lumière décline encore, un peu de mélancolie douce sera bonne aussi. Le soir descendait-il, quand La Fontaine écrivait ici :

> *Hélas ! Quand reviendront de semblables moments ?*
> *Faut-il que tant d'objets si doux et si charmants*
> *Me laissent vivre au gré de mon âme inquiète ?*
> *Ah ! Si mon cœur osoit encor se renflammer !*
> *Ne sentirai-je plus de charme qui m'arrête ?*
> *Ai-je passé le temps d'aimer ?*

BORDS DE L'ITON
DANS LE BROUILLARD-LUMIÈRE
Évreux

C'est le coton d'hiver, et tout s'estompe, s'assourdit. Je suis en plein cœur de la ville pourtant ; la rue Chartraine a son flot de chalands qui vont de vitrine en vitrine contempler l'or chaud des lampes allumées. Mais cette effervescence rituelle est comme atténuée par la texture opaque d'un air de fumée. L'air froid rafraîchit les idées, et donne plus de charme encore à ce voile qui persiste ; plutôt que de s'acharner en vain à le dissiper, le soleil est resté derrière, irradiant l'atmosphère d'une lueur un peu étrange.

C'est le brouillard-lumière. Un samedi après-midi, à son heure la plus vivante, la ville garde ainsi comme un demi-sommeil, une réserve ouatée qui s'accorde au plus juste avec ce moment de l'année : on est en route dans l'hiver, mais tout est immobile, les jours rallongent à peine, le temps est comme un long bateau-silence.

Ardoise et pierre entre les branches nues, le chevet de la cathédrale donne à ce théâtre d'hiver une solennité austère. Il faut contourner cette sévérité et l'aborder par la douceur, du côté des reflets, du côté de la rivière. Tout change, alors : dans l'éclat sourd du soleil pâle, la pierre se fait blonde, près des branches dorées d'un saule échevelé. Le gris-vert de l'Iton prolonge cette image, et lui ajoute une sérénité fluide, une distance courtoise aménagée pour les pas du promeneur. Gris-vert ? Oui, c'est la tonalité qui domine, mais l'eau de l'hiver recèle aussi des bruns, des bleus éteints, un peu de noir dans les coins d'ombre.

Personne au long des berges. Un cygne blanc vient aussitôt à mon approche, avec un hiératisme apparemment mêlé d'espoirs très prosaïques. Il n'en joue pas moins son rôle, installant dans un espace à sa mesure une élégance médiévale, et faisant chanter les tons sourds par l'éclat de son plumage. Sous l'arche double du petit pont, deux autres cygnes, de l'espèce la plus noire, s'approchent à leur tour. Le cygne blanc s'efface alors, comme si ces majestueux chevaliers des lieux devaient se succéder dans un contraste calculé, sans céder à la facilité d'un choc en noir et blanc d'une simplicité trop vulgaire.

Moins orgueilleux, les canards s'ébrouent au bord de l'île, sous le saule. En relevant la tête, on aperçoit les promeneurs du samedi, comme aimantés par le commerce, on entend la rumeur du trafic incessant. Mais on se sent très loin de tout cela, le long de l'eau. Près de l'île aux oiseaux commence un chemin différent, lié à l'essence même de la ville, mais fuyant ses manifestations trop tapageuses, ou trop contemporaines.

La Promenade des Remparts s'ouvre alors comme une escapade buissonnière au cœur de la cité. A contre-époque, à contre-courant de la rue Chartraine, on longe la rivière dont le cours est rythmé par les petits ponts de brique échelonnés au fil d'une incitation à la flânerie, au temps perdu. Au printemps, des lycéens doivent s'asseoir sur les parapets, et des vieux sur les bancs. Mais en ce jour d'hiver, la balade est solitaire et semble curieusement mêler deux époques lointaines : d'un côté ces murs mangés de lierre, cette eau tranquille apprivoisée pour caresser des soirs qui se prolongent ; de l'autre, des cours d'immeuble dont la façade tournée vers la rue marchande semble dédaigner la fraîcheur délicieusement désuète de la promenade.

Il y a des marches, des recoins, des arbres, des buissons, toute une imagination ludique déployée pour escorter les images de la rivière. Au pied d'un mur, un lierre centenaire marie dans une étreinte passionnée deux branches à l'origine séparées. C'est une promenade pour parler d'amour sûrement, une promenade pour toutes les flâneries de tous les âges, pour toutes les clairières découpées dans la forêt des heures. De temps à autre, on regarde le flux incessant de la ville, là-bas, tout près, et l'on sent mieux encore le privilège de cheminer au hasard des branches et de l'eau.

Pour traverser la rue de Grenoble, on abandonne l'Iton un instant. Cette conversation reprise avec la ville d'aujourd'hui fait partie du jeu. Quelques secondes à la surface du présent, le temps de regarder quelques vitrines, puis on reprend le chemin buissonnier. Tout aussi déserte, la pro-

menade change alors de respiration : plus large, plus
ouverte, elle découpe à l'horizon, entre les branches nues,
la silhouette solitaire du beffroi. L'après-midi s'avance, et le
soleil, tout en haut de la tour, semble sur le point de
paraître au moment même où il commence à décliner. La
rivière soudain s'évanouit sous le sol, et c'est le souvenir
entier de cette parenthèse de
maraude qui paraît s'éloigner.
Entre la cathédrale et le beffroi
flotte l'idée légère d'une rivière
à musarder, pour passer dans la
ville en demi-rêve, en demi-
brume, dans un coton doucement somnambule. Au terme
de ces pas, le beffroi est du nord.
A la Tour de l'Horloge, on voudrait que les heures penchent
vite vers la nuit et fassent naître
des envies de bière, de café res-
serré, blotti dans la chaleur et l'or des villes allumées. On
resterait là très longtemps, à regarder la mousse et l'ambre
d'une chope en se disant qu'au long de la rivière le
brouillard va tout effacer.

HARMONIE DE GÉRANIUMS
ET VIGNE VIERGE
Lyons-la-Forêt

Les eaux claires de la Lieure sont fraîches, presque glacées quand elles coulent à l'ombre. C'est le nord... du département, car, pour le reste, tout est ici chaleureux, chatoyant, dans cet été si loin des pluies normandes. Lyons-la-Forêt. Si tout vous semble sec, impitoyablement grillé, si tout est moissonné depuis longtemps dans les champs alentour, il faut venir pour ce village d'île, enclos dans un océan vert.

La forêt de Lyons. Les rois mérovingiens venaient y chasser, paraît-il, et plus tard Charles IX. Royale, la forêt de Lyons ? Peut-être même davantage, avec cette solennité des fûts de hêtres élancés. Un souffle de légende y passe, en gris-verts délicats, dans un climat prenant, impressionnant.

Au cœur de Lyons, on voit se dessiner partout cette couronne de feuillage, au-dessus des maisons, des toits, comme une écharpe, un premier ciel. Mais si le village a gardé l'aristocratique élégance de son cadre sylvestre, il en a chassé les tons froids. La vie s'est resserrée, blottie ; loin des allées qui mènent au Graal, elle a pratiqué doucement au long des siècles un talent plus secret pour vivre au fil des jours. Le charme n'est pas d'aujourd'hui. Benserade l'a goûté, dans sa maison qui donne sur la halle. Benserade. XVIIe siècle. Membre de l'Académie française. Derrière la façade austère et très Grand Siècle de ces premiers renseignements, on découvre des éléments

plus rassurants : outre des poèmes de circonstance, il a fait des ballets, mis en musique par Lulli. Beaucoup plus près de nous, Ravel a aimé, lui aussi, vivre au cœur du bourg. Dans la grande maison qui porte désormais son nom, il composa *Le Tombeau de Couperin*. Les vagues musicales raveliennes si fluides, mystérieuses, vont bien à ce village, plus secret qu'il ne semble.

Pour y être venu souvent, je sais que Lyons a deux vies. Une vie douce et sage, villageoise. Une autre vie, effervescente, quand la fin de la semaine se met à ressembler à un week-end, tout autour de la halle. Mais peut-on en vouloir à cette place Benserade d'être un peu trop jolie ? La halle est au cœur de cette harmonie. Sous les vastes pans de son toit de tuiles normandes, toutes les poutres entrecroisées, jusqu'à l'étonnante rusticité de l'escalier escamotable, donnent la sensation de se trouver dans un ancien bateau. Des géraniums, déjà, égaient le bois rêche.

Ce n'est pas un détail. Dans le charme de Lyons, le rouge chaud du géranium est la tonalité de base. Partout, à toutes les fenêtres de toutes les maisons, déferlant jusqu'à l'opulence devant le café de la Halle, les géraniums déclinent une coquetterie courtoise, une riante aménité. Les villages les plus fleuris d'Alsace en pâliraient d'envie. Chaque tache flamboyante prend ici son pouvoir en s'appuyant sur des couleurs complémentaires. Murs sable et colombages des maisons les plus anciennes, brique pâle,

rosée, ardoise et tuiles brunes. Mais plus que tout, les géraniums aiment le vert profond des vignes vierges, largement déployées en manteaux de fraîcheur, et le vert plus léger des feuilles de glycine. Car l'harmonie se fait ici à vivre le présent, sans rien blesser des couleurs du passé. Toutes les terrasses des cafés, des restaurants, ont envahi la place de leurs tables blanches. Ce blanc éclatant au soleil épouse sans effort le vert sombre des vignes vierges, et de la forêt plus lointaine, le rouge triomphant des géraniums. Le plaisir, trop rare en Normandie, de s'asseoir, de rester très longtemps pour faire semblant de boire un verre en buvant des images, est comme un rite d'évidence, à Lyons. Chacun voudrait le prolonger. La table de l'apéritif devient table pour le dîner. La lumière du soir se fait plus chaude, plus dorée. On lève les yeux. Le ciel est toujours bleu, l'écharpe de forêt ondule à peine sous un vent tranquille.

Rouge, vert et blanc. Rassurez-vous ; les couleurs du présent n'ont rien de criard, de choquant. Tous les ocres, tous les bruns du passé en adoucissent l'équilibre : la beauté, la gaieté ont réussi leur pacte.

Ce Lyons à déguster en flâneur, en touriste, donnerait bien envie d'y vivre, simplement. Les habitants prennent le temps de se montrer aimables. Témoin ce petit dialogue, à la Maison de la Presse-Mercerie-Librairie :

— Auriez-vous une enveloppe matelassée ?

— Non, mais attendez, je vais vous arranger ça.

Voilà, avec des petites feuilles de carton, un peu de papier bourré…

Posez la même question dans un kiosque à journaux de La Défense… Faites la soustraction, et écrivez la solution du problème. Il faut couler ses jours en Normandie.

A s'écarter un peu du centre, de la halle, on prolonge le charme, au lieu de l'atténuer. Derrière les grilles, les jardins ombrés ont la tonalité du *Déjeuner* de Manet : sur la paix des choses on sent que vont venir des cris d'enfants, les gestes tutélaires d'une vieille dame taillant ses rosiers. Rue du Trou-grenu ; passage du Petit-Salut : les noms sont délicieux, si simples, si français… Prendre la sente de derrière les jardins. Marcher entre les murs, les branches des arbres fruitiers qui les dépassent. Par les petites rues qui quittent le village, on est déjà dans la campagne, avec encore ce talent des fenêtres aux rideaux dentelés, des espaliers, des rosiers grimpants, des tonnelles. Les ruelles, les sentes ont cette douceur courbe des vies sages. Revenir sous la halle, quand la nuit va tomber. L'éclat des géraniums s'endort dans le bleu du silence.

FEUILLES D'AUTOMNE
AU FIL DE L'EAU
Breteuil-sur-Iton

Septembre a beau faire semblant de jouer l'ambre, c'est encore l'été. Octobre commence à peine de finir, mais d'une mort si royale et fruitée que le mot coule dans la gorge comme un vin chaud parfumé de cannelle. Novembre est le vrai mois d'automne. Je m'en suis convaincu encore cette année en traversant la forêt de Breteuil, après ces villages dont le nom semble déjà si forestier : La Ferrière, Le Fidelaire. La petite route peu passante semble tracée pour le plaisir de nager dans cette opulence d'or et de roux — le rouge s'est effacé pour laisser place à l'automne sérieux, l'automne grave et lent des brumes un peu plus froides. De loin en loin, au carrefour des allées, des flèches de bois indiquent les directions avec une élégance désuète, hors du temps.

Je sais qu'il est d'autres manières d'aborder Breteuil, le long d'une route infiniment droite étendue sur la plaine, du Neubourg à Verneuil. Mais j'ai la chance de le faire au creux de la forêt : mon avenue de Breteuil a la solennité Grand Siècle de celle du Monopoly, dont le vert profond est synonyme de chic feutré, discret. Juste avant d'atteindre le bourg, un virage dissipe tout à coup les perspectives cavalières. Pas grand monde, un jeudi matin de novembre, dans les rues de Breteuil. J'aime bien cueillir ainsi les lieux à la fraîche, dans le presque silence des débuts de matinée, avec cette vie suspendue, parce que les enfants sont déjà à

l'école — il y a juste deux retardataires qui filent devant moi sur la place trop vaste. Comme eux, j'ai tout de suite envie de quitter cet espace anonyme pour prendre une petite rue. Dans les jardins, les derniers dahlias, les tout derniers cosmos déclinent la fraîcheur de l'air en tons mauves ou rosés. Très vite, j'atteins un bras de l'Iton qui fait comme un canal entre deux rangées de maisons. La lumière sourde vient jouer là des harmonies du Nord. La pierre est grise, l'eau d'un vert sombre éclaboussé de trouées claires. Et puis il y a des feuilles au fil de l'eau : des pétales légers, découpant leurs silhouettes dentelées sur l'envers du ciel ; des pétales jaune mat, ou couleur d'or pâli. Leur immobilité liquide a quelque chose d'inquiétant : les tons chauds de l'automne sont prisonniers des chemins d'eau — c'est un peu du charme mystérieux de Bruges au cœur de Breteuil-sur-Iton.

Mais le bourg a d'autres secrets, d'autres clairières qu'aucun panneau ne vient annoncer. Un mur longe le parc que je garde pour terme de la marche. La rue du Trou-à-la-souris m'invite en attendant. Elle a le pittoresque des ruelles de province ; dans les jardins, des choux montés côtoient les dahlias. Il y a cette porte délavée, qui a dû être enseigne, dans un autre temps. En penchant la tête, on peut déchiffrer les lettres effilées : bonbons de baptême — eaux-de-vie — conserves alimentaires. Le passé affleure la surface, et flotte sans effort dans la paix de novembre.

Mes pas m'emmènent enfin dans le jardin public, qu'on gagne ainsi au hasard, comme une récompense à la patience de flâner. Il y a d'abord des allées policées, longées de réverbères d'une ancienneté très récente, comme ceux que l'on voit dans certains dessins animés de Walt Disney. Ce petit air de désuétude délicieusement factice est renforcé par les empilements de grosses pierres qui forment autant de forteresses, de passages et de ponts pour les jeux des enfants. Les pieds s'enfoncent dans les feuilles ; la solitude de novembre pose un voile de mélancolie sur ce lieu fait pour accueillir les solitudes et les secrets. On croit qu'un mur va se dresser mais c'est un peu étrange : insensiblement, le jardin public se fait parc romantique, avec des gloriettes juchées sur des escarpements, une volière abandonnée, jonchée de feuilles d'ambre.

Au-delà d'une arche rocheuse, la promenade prend son essor au moment où l'on pensait qu'elle allait se terminer. Un étang se dessine entre les arbres. En s'approchant, on en distingue mieux le caractère civilisé, avec une barrière blanche, des petites presqu'îles aménagées. Des col-verts glissent sur l'eau. Mais on est seul à marcher sur la berge, et cela semble mystérieux dans un décor aussi parfait, comme si quelqu'un allait vous héler, vous dire que vous êtes en faute. Mais non. Vous êtes bien chez vous, dans ce tableau de vert et d'or — à terre, les feuilles des érables mêlent dans un contraste délicat ces deux tonalités d'herbe et de branche.

Au loin se dresse l'ancienne motte féodale, et l'ombre de ce temps où plane la silhouette de Guillaume le Conquérant. Vous êtes seul, chez vous, si près du bourg, si loin pourtant, et dans le coton sourd d'une matinée grise, c'est bon d'être le seul acteur d'un opéra d'automne flamboyant, si près, si loin des brouillards du silence.

PRÉSENCES FÉMININES
Château du Champ-de-Bataille

La hampe encore informulée d'une fleur de marronnier. Toute une promesse de blancheur éclatante, lancéolée de rouge, endormie dans la pâle verdeur amère de cette grappe inversée, un peu gourde, un peu ronde, mais déjà dressée vers le ciel, confiante dans l'arrogance de son devenir. Tout autour, les feuilles sucreuses mettent une nonchalance satisfaite à ne pas se déployer trop vite, à préserver ce vert fragile, presque translucide, cette genèse, cette jeunesse de lumière qui vient fraîchir l'ombre prochaine du sous-bois.

Féminines, bien sûr, les feuilles neuves des marronniers. Une grâce alanguie, très courbe, et comme fatiguée de sa propre vigueur, faussement dégoûtée des regards qu'elle captive. Un éclat si fruité, et pourtant parcouru d'une onde à peine acide. Un talent millénaire distillé dans la naissance de l'instant, mêlant la rosée à la sève. Oui, tout cela dans chaque feuille, et quelque chose en plus, dans cette espèce de jupe tropicale dessinée par les feuilles encerclant la hampe. Y a-t-il une égoïste volupté à devenir belle dans la lumière, ou bien cette lenteur flexible, un rien perverse, est-elle un sacrifice offert au seul regard ?

Le sous-bois ne répond pas. Le sol jonché de taches claires, blanches et mauves, anémones sylvie, pervenches, semble accordé par sa fraîcheur à la rumeur mouillée des oiseaux dans les branches presque bleues des pins et des cyprès. Là-bas, sous l'arche végétale, au-delà d'une flaque éblouissante de soleil blond, le château flou nuancé de

douceur printanière l'accord de ses trois notes : brique, pierre, ardoise. Il faut s'inventer ce retrait, ce recul, pour dessiner en perspective un désir de château. Je quitte la fontaine bruissante du sous-bois.

Comme il est bon ce nouveau soleil sûr de basculer vers la saison nouvelle ! Le bleu laiteux du ciel d'avril garde une ampleur presque froide, et rend plus enivrante et plus sèche cette luminosité victorieuse qui fait briller le tapis d'herbe rase, parfumée par l'idée d'une coupe toute fraîche.

Une première symétrie m'attend, au centre de l'esplanade : deux sphinges éblouissantes de blancheur. Sphinge : le mot lui-même annonce la souplesse hiératique de ces silhouettes lovées sur elles-mêmes dans une attente féline, une cambrure solennelle. Leur visage est levé vers le château, auréolé d'une parure égyptienne, qui semble nimber leurs traits d'une sagesse orientale. Mais leur sourire admiratif a quelque chose de très simple, de très vrai, sous l'éclat presque vertical du soleil vif. Sourire du visage irradié de lumière, mystère de leur col immense gagné d'ombre : ce second signe féminin m'est nécessaire, avant d'aborder la virilité compacte de ce château fin dix-septième dont les deux ailes parallèles réunies d'un côté par un mur-promontoire, de l'autre par un muret surmonté de pilastres, dessinent dans l'espace une volonté de fermeture, une jalouse intégrité.

Car la grandeur domine, dans l'atmosphère très Grand Siècle de cette demeure et de ce lieu. Le site, largement ouvert sur l'espace du plateau, rappelle la bataille de 935, entre le comte de Cotentin et les armées de Guillaume-Longue Épée, commandées par Bernard le Danois. Quelque chose de ce souffle épique plane encore sur l'horizon libre.

Mais le château lui-même, par la régularité de sa structure rectangulaire, par l'ordonnancement des larges allées qui s'enfoncent dans le parc, impose une solennité trop évidente, que d'autres présences féminines frôlent, et font dévier de l'ennuyeuse symétrie originelle. C'est la charmille qui frissonne sur sa frêle armature et donne une simplicité presque potagère à tout un pan du parc. Derrière les buis taillés, c'est une pente d'herbe toute ronde, qui semble avoir été tracée pour que l'image du porche et du château se découpe sur fond de ciel, comme suspendue dans un rêve. Là, sans doute, Alice pourrait jouer contre la Reine de cœur une partie de croquet livrée aux malices de génies fantaisistes. Je sais que dans mon dos des joueurs de golf très réels poursuivent leur propre patience — pardonnez-moi si je préfère l'imaginaire croquet de la mystérieuse Alice. Au-dessus du porche, deux allégories confortablement allongées semblent soutenir un blason : peu m'importe le symbole, c'est leur féminité qui me va — et de l'autre côté, sur la promenade en terrasse surplombant le mur, je ne sais quelle attente féminine aussi, parant d'une touche de mélancolie les déambulations trop rectilignes.

Des feuilles aux sphinges, au jeu d'Alice, c'est le même charme léger, le même mystère bousculant le colosse faussement sûr de lui — et si vite troublé par des présences féminines.

HARMONIE
DE BRUME GRISE ET BLEUE
Brionne

Une vraie journée d'hiver, dans la brume et le froid. Blottie dans sa vallée, Brionne fume comme l'haleine devant soi. Sur les trottoirs, les conversations sont brèves, les pas pressés. Pas désagréable pourtant de flâner par les rues à l'atmosphère un tantinet nordique, en ce mercredi de janvier. Les seuls éclats de voix, les seules déambulations nonchalantes viennent des enfants rentrant du catéchisme à bicyclette. Mais il me faut d'abord dominer mon sujet, en saisir une vue d'ensemble. J'emprunte donc la petite sente escarpée qui mène au donjon. En bas de la ruelle, une vieille maison semble le paradis des chats. Moins frileux qu'affamés, ils attendent qu'on remplisse leur écuelle, dans un silence mystérieux qui s'accorde à l'austérité du paysage. L'un d'eux, plus audacieux ou moins patient, saute et s'accroche longuement à la poignée de la porte, sans troubler pour autant le parfait silence de ses congénères. Les maisons s'essoufflent vite à épouser la pente de la côte. Déjà le donjon surgit, guetteur majestueux dans le froid de l'hiver. On peut jouer à l'aventurier, et le gagner par une de ces nombreuses pistes minuscules et sinueuses dessinées par les jeux des enfants ; on peut l'atteindre plus bourgeoisement par le chemin officiel. Mais quel que soit le mode d'approche, l'impression reste sauvage et forte de ce château des brumes oublié par le temps, dressé dans le ciel pâle. Les arbres nus l'habillent de sorcellerie sombre, de légendes enchevêtrées. Les grandes arches découpées dans la pierre sont comme des regards funèbres

jetés sur le passant, sur la vallée. A s'approcher des murs on ne fait que renforcer cette sensation sourde de secret inquiétant. Sur tout un pan de mur, le lierre mort embrasse la pierre d'une noueuse emprise végétale argentée, un ruissellement de vie pétrifiée, évanouie. On imagine certes que ce lieu peut prendre un tout autre caractère avec des courses enfantines, les soirs un peu plus tièdes, un peu plus longs, qui donnent envie de s'asseoir sur un banc, de contempler la ville en contrebas. Mais dans le brouillard de janvier, cette vigie de pierre médiévale donne à l'espace une tonalité dramatique et se noie dans le ciel flou.

C'est bon dès lors de redescendre au creux du bourg, et de le sentir peu à peu s'animer, au fil des heures matinales. Le long de la promenade aménagée en bord de Risle, une odeur âcre et familière monte. On fait brûler des branches au fond d'un jardin, tout près de la rivière. Les flammes rougeoyantes dessinent dans l'air gris un halo bleu semblable à ceux qu'allument les lumières dans la nuit. Dans les jardins penchés vers l'eau, d'autres jardiniers se réchauffent en bichonnant la terre, en protégeant les pousses tendres avec des petits pots renversés. Toute cette animation, toutes ces précautions bien humaines entament le brouillard, font oublier l'emprise du donjon. Mes pas m'entraînent au hasard des rues, jusqu'à la sortie de la ville. Devant l'église Saint-Denis, une étendue d'herbe très verte, après les pluies récentes, donne au décor une touche britannique. De l'autre côté de la rue se dresse une singulière demeure dont les pierres ouvragées, les vitraux sourds, la porte de bois sombre s'harmonisent à merveille avec le tremblement secret de la lumière hivernale.

Mais le plus beau silence, c'est au bord du lac que je le trouverai. Comme elle semble loin, la base nautique de l'été, l'idée de baignade ou de planche à voile ! Les roux et les verts de la berge s'effacent au-dessus de l'eau parfaitement étale pour laisser place à tout un camaïeu de bleus nuancés, du presque mauve au presque gris. L'immobilité est saisissante, à peine troublée par le sillage des poules d'eau. Au loin, au-dessus des collines, une clarté diffuse commence à pénétrer le brouillard moins compact. On est encore si près de la ville, et cependant le lac l'hiver est comme un bout du monde où la réalité s'efface au profit du reflet, du rêve, du silence. Marcher longtemps dans les tons froids. Sur le lac de Brionne, l'eau vient mouiller l'hiver, la brume se fait bleue.

BALADE
EN SOUVENIR DE LA LISIÈRE
Verneuil-sur-Avre

Elle aurait bien aimé cette lumière-là. Un ciel presque bleu, mais avec ce léger voile que l'automne pose imperceptiblement sur les regards — au grand soleil de l'après-midi, quelque chose déjà semble pencher vers le soir. La lisière de la saison : les tons d'octobre commençaient à sourdre, un peu de rose-rouge sur les vignes vierges, un peu d'or pâle auréolant de

douceur commençante les arbres encore verts. La veille, il avait plu, d'une pluie sauvage et lancinante qui convenait à nos tristesses. Mais ce jour-là, le rendez-vous manqué avait raison de retrouver une harmonie de tons sereine, à peine finissante, un sourire plus grave. Avec un soleil chaud pour sourire au bonheur des autres, avec une brume indécise pour souffrir à part soi, le jour ressemblait à Sylvie.

« Il faut absolument qu'on aille faire cette balade à Verneuil, qu'on en profite pour passer la journée avec Sylvie. » Combien de fois avons-nous dit cela, dans cette effervescence des jours qui remettent au lendemain ce qu'il y aurait de plus simple, de meilleur — comme pour s'inventer des remords à l'avance ? Oui, cette balade-là, je l'ai faite d'abord comme un remords. Un peu à cause du plaisir que nous lui aurions donné en envahissant sa petite maison. Beaucoup à cause de ce qu'elle nous aurait apporté cette fois encore, avec ce don pour créer des climats, pour inventer une atmosphère.

Avant d'avoir Sylvie pour amie, je l'avais rencontrée comme libraire. La lisière portait bien son nom. A peine le

seuil franchi, on pénétrait dans un univers différent, on oubliait les rôles, on rencontrait vraiment les gens — comme si la maîtresse des lieux avait pouvoir de faire tomber les masques du social, de la civilité gourmée. On croyait venir participer à une séance de signature — avec tout ce que cela peut présenter de raide et de guindé, de part et d'autre de la table. Mais la table était vite abandonnée. On se levait, on pénétrait dans les coulisses, la cuisine, ou la courette ensoleillée. Des amis, des parents s'affairaient, beurraient des toasts, servaient à boire. On retrouvait des gens, on saisissait une guitare, on chantait. Où était donc passée Sylvie ? Elle avait tant à faire, on allait la chercher : elle revenait, posait quelques secondes un sourire satisfait sur ce talent d'être ensemble qui nous venait d'elle.

C'est à tout cela que j'ai songé, en faisant cette balade que nous aurions dû faire ensemble. J'avais au hasard de Verneuil mes propres souvenirs, quelques flâneries vieilles d'un peu plus de dix ans, déjà. En ce samedi de quinzaine commerciale où le centre de la ville résonnait d'une animation un brin tapageuse, j'ai préféré estomper la rumeur,

et rester en lisière. Au bord des fossés verts de l'eau dormante, des promenades s'étiraient dans le presque silence. Il y avait toujours des amoureux, et cette tour de la Madeleine dont le gothique flamboyant prend une douceur végétale en se découpant dans les branches d'octobre. Il y avait toujours le pont giralducien au-dessus de la rue, ce tableau de douceur provinciale à saisir en retrait. Il y avait surtout quelqu'un à mes côtés.

Je me suis approché de son quartier. La lisière avait gardé son nom, la maison à tourelle, le tribunal d'instance leur charme raffiné. Sur la pente d'un toit, des pigeons se chauffaient au dernier soleil. Plus tard dans la chapelle des Bénédictines, il y eut des amis rassemblés pour se souvenir de Sylvie. Bien sûr, sans elle c'était un peu plus difficile de se sentir au chaud. Mais elle aurait aimé Bach et Mozart, les textes de Khalil Gibran, la ferveur ensoleillée de saint François. Elle aurait aimé les chansons de Duteil, couleur d'automne et plein ciel bleu, comme ce jour d'octobre, et comme sa vie même. La dernière fois que j'avais vu Sylvie, c'était lors d'un spectacle d'Yves, à Verneuil justement. Elle nous avait suivis dans la coulisse et Yves avait chanté en petit comité la chanson sur ses quarante ans, qu'il venait de terminer. Après, nous avions accompagné Sylvie jusqu'à sa maison de Rueil-la-Gadelière. Jamais je ne me suis senti si bien chez quelqu'un. Les fauteuils étaient faits pour s'asseoir, le chat pour être caressé, les livres donnaient envie de les toucher, de les ouvrir. «Tu te débrouilles!» ordonnait Sylvie, engoncée dans ce corps qui lui voulait tant de misère. Mais son âme brûlait dans tous les gestes, les objets, son café sentait l'amitié. Il était très tard cette nuit-là. Nous n'avions plus envie de partir. Seulement de revenir, et puis voilà. Pour l'année de ses quarante ans Sylvie nous a laissés, à la lisière du présent. Sur le banc déserté, quelqu'un nous manque dans l'automne.

UN RÊVE D'EAU
SUR OMBRE D'ITALIE
Parc du château de Bizy

Louis XV, le duc de Penthièvre, Louis-Philippe… Les ombres planant sur le château de Bizy lui donnent une exigence de grandeur aussitôt confortée par les premiers pas dans le parc. Mais je suis un mauvais élève. Souvent, dans les musées, mon tableau préféré est celui découpé par une fenêtre dessinant une branche d'arbre, un coin de ciel. Et pour le château de Bizy, le charme du parc me semble si rafraîchissant que je le sens déjà : ma visite s'en tiendra à ces allées, ces buissons, ces cascades, ces fontaines. Une balade en maraude, en lisière, et la réalité, bien sûr, mais dans le contre-jour. Au demeurant, il n'est pas de parc innocent. Celui-ci ne serait pas lui-même s'il ne cernait cet étonnant mélange de Grand Siècle et d'Italie : les écuries préservées de Belle-Isle, le palais élevé par le baron de Schickler. Toute la gamme des verts se déclinant dans les jardins porte l'empreinte de ce mariage ; et le parc à l'inverse en fait une harmonie.

Il fait si chaud en ce jour de juillet, après tant de grisailles printanières, après tant de sagesse à tenir à l'enclos : la Normandie peut bien jouer aux fastes du Grand Siècle ;

elle peut se prendre pour une Italie. D'emblée, je m'éloigne du château et cherche l'ombre : sous les ifs, les marronniers, une petite sente grimpe vers une statue indécise dominant les lieux de sa majesté. Ce seigneur des lieux perd un peu de sa superbe lorsque l'on s'en approche, en découvrant une espèce de bambin-Poséidon trônant mol-

lement dans sa conque. A ses pieds s'ordonne en symétrie tout un monde de cascades, de statues ; tout un rêve de chemins d'eau gagné par le silence. Ces fontaines muettes, ces bassins secs devraient paraître tristes, vaguement dérisoires. Et curieusement, c'est presque l'inverse ; un mystère a gagné la machinerie tout entière, saisie dans un élan d'éternité, arrêtée dans le temps. Chacune de ces bouches de pierre qui devaient cracher l'eau retrouve un pouvoir différent en s'éloignant de sa fonction première. Les chevaux à queue de poisson se cabrent pour eux-mêmes, et non plus pour un artifice aquatique un rien servile. Les gueules monstrueuses, les écailles, les tritons, les vasques silencieuses parlent le même langage, poussent la même incantation pour une absence — et leur prière sourde fait surgir un monde féerique, et la pierre de l'eau absente révèle une volonté qu'eût abolie l'eau jaillissante. Ces ombres blanches et grises rêvent de transparence, d'irisations, de perles embuées flottant dans l'air. Mais c'est le vert qui vient les apaiser, leur faire un rêve d'ombre parfumé. Odeur un peu fade du buis, odeur légère des tilleuls centenaires, poussière blonde s'écoulant dans le soleil à contre-branche : la pierre et le feuillage, l'ombre et la lumière, les buissons taillés, les arbres libres déferlant — il y a bien là tout un Grand Siècle et toute une Italie. Presque personne dans les allées, en ce matin d'été. Je me sens presque châtelain, et mieux encore, flâneur de ce climat, sans autre souci que celui de se laisser gagner par l'atmosphère.

Et c'est l'eau que je cherche, malgré moi. A défaut d'en commander le déploiement royal, bébé-Poséidon m'indique un étroit canal, qui s'épanouit bientôt en bassin couvert de nénuphars. Une mélancolie doucement toscane gagne ce jardin retranché ; mais j'aperçois en contrebas les toits bleus des écuries de Belle-Isle. Sans me presser, je redescends la pente, longeant les chemins de l'eau imaginaire. En bas, d'autres allées, d'autres détours m'attendent. D'autres statues aussi, comme cette Vénus à la pudeur un brin ostentatoire. Une fontaine dont les lions apeurés pleurent enfin cette eau que tout appelle, et dont la soif demeure suspendue. Déjà midi, et j'espérais déjà qu'on allait m'oublier, mais le garde me hèle, tout au bout d'une longue allée. J'obtempère sans hâte. C'est dur de s'arracher à ces jeux d'ombre, à ce silence, de retrouver une accablante chaleur méridienne, après tant de chaleur apprivoisée. Le parc du château de Bizy me laisse avec ma soif, la grille refermée. Un jour l'eau jaillira de toutes les statues, étanchera tous les désirs de fête, et de musique transparente. Mais le chemin est long qui mène à la fontaine. Entre l'eau du passé et l'eau qui reviendra, il y a ce rêve d'eau qui dort sous le feuillage.

AUBE IMMOBILE DANS LE GEL
Vallée de la Charentonne

Quelque part entre Bernay et Fontaine-l'Abbé, le long de la petite route qui musarde à mi-coteau, avant de s'infléchir vers la rivière. C'est le jour le plus froid de toute cette semaine blanche. Ce matin, à la boulangerie, les records tombaient à chaque nouvel arrivant :

— Moins onze dans la cour !

— Moi j'ai moins douze, su'l'plateau !

Cette surenchère fait du bien. Quitte à braver le Général Hiver, mieux vaut se dire qu'il n'a pas massé ses troupes à la légère. Chaque année, le début de l'avent ramène une offensive. Mais cette fois, l'attaque se prolonge, et le décor déploie les grands moyens. Depuis plusieurs jours, un soleil japonais plus rouge qu'orangé montait à l'horizon givré, dans un contraste un rien ostentatoire. J'ai voulu le surprendre aux premiers signes de l'aurore, et bien sûr je me suis trompé. La lumière est capricieuse. La nuit se dilue peu à peu le long des rives de la Charentonne, mais aucune nuance asiatique ne vient enflammer la campagne saisie dans le gel.

L'hiver s'est joint à la nuit finissante pour tirer tous les verts vers un bleu lourd, un bleu de velours froid dormant sous le sucre de glace. Le soleil ce matin ne naîtra pas dans l'opulence. Il n'y aura pas d'aurore, pas de flamboiement chaud dans le palais du froid, mais seulement une aube prolongée, s'évadant pas à pas de son carcan de glace.

Mes pas craquent sur le talus : les feuilles sont fourrées d'un gel crissant, dont l'uniformité n'est qu'apparente : abondant et poudré sur les courbes charnues, il déserte les rides, les nervures. C'est un faux maquillage, un masque baroque posé sur un nouvel ordre végétal — fini de rire, tout ce petit théâtre attend la tragédie.

Dans les branches des fourrés, les baies oblongues sont des fruits givrés, tremblants et grêles sur les branches presque dénudées. Le gel est magicien. Les fourrés les plus maigres deviennent sous son pouvoir les plus élégants, les plus cristallins ; même les fils de fer barbelés des clôtures y gagnent une transparente aristocratie. Le gel n'est pas la glace ; son froid reste pelucheux, et traduit moins la dureté qu'une mouillure cotonneuse, un feutrage léger abolissant les angles vifs, les minceurs excessives.

Je m'avance sur le pont. La rambarde rouillée se pare de toiles d'araignée qui sont vraiment ce matin les « étoiles d'araignée » nommées par les enfants. Leurs audaces trapézistes, imperceptibles ou méprisées d'ordinaire, semblent tout à coup la raison d'être des piliers de fer : il a suffi pour ce miracle d'une infime pellicule de gel magique, transformant la texture du fil, mais surtout la façon d'y capter la lumière. A mes pieds, les vannes sombres sur l'eau morte, la pierre encore dans l'ombre dorment dans l'hiver noir et bleu : devant moi, la forme du moulin commence à s'auréoler dans le contre-jour d'une clarté à peine rose, entre les arbres nus qui longent la rivière. Mais ce n'est pas un jour à s'accouder ; plus encore que le silence austère, c'est le froid qui me transperce et me donne envie d'avancer, de souffler devant moi ces petits nuages rassurants qui prouvent qu'on existe. Au bord de la Charentonne, les herbes les plus longues semblent avoir été couchées par l'ample mouvement d'un artiste faucheur. Les fougères ont ployé, renoncé à leur splendeur dernière d'or éteint.

Au bord de l'étang, un chien aboie, apparemment surpris par le passage d'un promeneur matinal ; la saison de la pêche semble si loin. A la surface gelée, un cygne campé sur une seule patte joue à rappeler le poème de Mallarmé : devant le seul trou d'eau de toute l'étendue captive, est-il mélancolique, ou prisonnier ? Son immobilité ne me donnera pas la réponse. C'est cela aussi, qui donne ce talent dramatique à la vallée saisie dans l'aube : rien ne bouge, rien ne passe. La rumeur estompée de la grand-route souligne en contrepoint le silence-vertige du petit jour. Plus d'odeurs, plus de jeux, plus de cris. Tout juste la douceur fourrée du gel pour transformer en cathédrale de beauté la saison morte.

OMBRE ET LUMIÈRE SUR L'ANDELLE

Abbaye de Fontaine-Guérard

La vallée de l'Andelle un jour d'été. Ce nom d'Andelle est à lui seul une promesse de fraîcheur, d'écoulement léger, d'ombre prochaine. Mais comment deviner qu'on va plonger soudain vers l'Angleterre la plus mystérieuse, la plus tragique ? Pourtant… A Pont-Saint-Pierre, abandonnez la grande route, passez devant l'église, quittez le joli bourg en quelques courbes sages. Sans trop avoir compris ce qui vous arrivait, vous vous trouvez aux confins de l'étrange. Le long de la petite route campagnarde, au bord de la rivière, une bâtisse formidable et ruinée vous fait basculer dans l'ailleurs.

Les guides touristiques n'en disent rien, ou trois mots en passant. « D'anciennes filatures » ; « les ruines d'une ancienne filature ». C'est faire peu d'honneur au pouvoir de ces murs, de cette ombre, de cette cathédrale engloutie dans le feuillage. La brique sombre donne la couleur, l'austérité, une connotation industrielle britannique. Mais l'architecture est folie. Des tours immenses surmontées de balconnets de pierre désagrégés, comme s'il n'y avait là-haut plus rien à voir, comme si le ciel ne pouvait apporter

qu'un vol noir de corneilles, et le goût de la mort. Les pierres déchiquetées ont pris la forme de chimères, à force d'avoir déchiré les rêves, les nuages. Même le sillage blanc des avions supersoniques s'engloutit dans la tour dévoreuse d'espace. En bas, même magie. Les fenêtres ogivées, mangées par les racines, semblent celles d'une bien curieuse église. L'Andelle vient baigner le pied des murs ; ensorcelée, elle change de nature, et joue le jeu de l'ombre menaçante. Des herbes longues affleurent la surface : c'est une Andelle mystérieuse, qui rêve de capture sournoise, et qui saurait prendre et garder le corps d'une Ophélie sainte ou damnée, tout près des murs dantesques. Sur tous ces rêves informulés, incendiés, évanouis, noyés, le lierre a déposé un lourd manteau d'oubli.

Vaguement oppressé, vous reprenez le fil de l'eau, vous poursuivez la route. Ce n'est pas tout à fait un hasard si, au sortir de cette ombre, la lumière vous attendait : à peine avez-vous dissipé l'ombre portée de la filature maudite que l'abbaye de Fontaine-Guérard vous ouvre ses chemins de transparence.

Fontaine-Guérard : la fontaine qui guérit. Une source bouillonne encore au creux de l'herbe, puis anime un petit courant ; une autre fut à l'origine de ce nom. L'eau retrouve son pouvoir d'apaisement, son innocence. Sous le soleil chaud, la pierre blonde semble irradiée d'une bienfaisante sérénité. L'église cistercienne aux lignes dépouillées s'ouvre

sur un chevet plat percé de trois fenêtres : au travers de la pierre, le feuillage léger tremble dans la lumière. C'est de l'enfermement que naît la liberté, du cadre découpé par la pierre que naît l'envol des branches. Et puis, c'est comme si d'autres regards venaient vous apprendre à regarder. Regard de toutes les moniales évanouies dans la prière et le silence, depuis que la première abbesse Ida reçut la bénédiction abbatiale en 1253. C'est ce mariage végétal et spirituel de la lumière en contre-jour et de l'ombre douce qui vous suivra partout, dans les vestiges de l'abbaye. Dans la salle capitulaire, le parloir, la salle des moniales, éclairée par deux baies et quatre fenêtres. A l'étage, le dortoir des moniales occupe tout l'espace, et la sensation est plus prenante encore. Sous la coque renversée de l'immense charpente, les ouvertures découpées laissent filtrer l'aérienne lumière d'un été blond doré, rafraîchi par la présence de l'eau proche. A côté du dortoir, une chambre, quelques boiseries, les restes d'une cheminée : le domaine de la mère abbesse — on imagine sa présence tutélaire, ses reproches un peu graves tombant sur la gaieté d'une jeune novice.

Oui, c'est la paix, dans tous les bâtiments de l'abbaye, une paix spirituelle qui doit autant au passage des âmes qu'à cet accord magique des pierres, des feuilles et de l'eau. La paix… Pourtant, Fontaine-Guérard recèle aussi la trace de destins tragiques. En 1399, Marie de Ferrière, répudiée par son mari Guillaume de Léon, y fut assassinée par des hommes de main, après de tragiques poursuites dans ces lieux voués à l'harmonie. Peut-être son fantôme est-il pour quelque chose dans ce mystère féminin que l'on pressent, près de la filature ? Marie de Ferrière est-elle l'Ophélie de l'Andelle ? On raconte en tout cas que la filature fut maudite, pour avoir utilisé les pierres des bâtiments démolis de l'abbaye, et que les incendies qui finirent par l'abattre ne devaient rien au hasard. On raconte… Le mal et le bien, l'ombre et la lumière s'enlacent dans l'esprit des hommes comme dans les lieux mêmes qui reflètent leurs pas, leurs rêves, leurs errances. A l'angle sud de l'église abbatiale de Fontaine-Guérard, les troncs d'un pin et d'un marronnier s'épousent, tout près de la source. Symboles pour sourire, ou signes d'autre chose ? La lumière d'été estompe la question, prolonge le silence…

HARMONIE DE BRUNS
ET DE BLEU PÂLE
Château-Gaillard

La courbe de la Seine a cette ampleur, cette solennité qui annoncent déjà la majesté du site. De loin, les falaises crayeuses se découpant sur un fond sombre de verdure semblent autant de citadelles éblouissantes, épousant le cours du fleuve, abolissant le cœur des ans. Le pont traversé, la citadelle de Château-Gaillard se dresse, formidable, mais ne surprend pas — comme si l'on savait que des châteaux-falaises imaginaires, devait se détacher la silhouette à peine plus réelle de cette gravure historique incarnée dans le paysage. Il faut d'abord être saisi par cette image, puis l'oublier en traversant Les Andelys, en gagnant le château par la côte qui l'efface. En haut, une autre image vous attend, tout aussi saisissante. Gardienne de la vallée, la forteresse ne se détache plus de la colline, mais donne à tout le décor alentour un parfum de passé.

C'est un matin de début mars. L'air est encore très frais, mais un jeune soleil efface peu à peu la brume. Les branches nues sont encore d'hiver, et d'hiver les croassements des corbeaux. Ils se posent en bande sur une pente herbeuse, en face du château. De leurs conciliabules mon-

tent des idées de peste et de traîtrise. Ils sont comme chez
eux dans la violence macabre des combats médiévaux.
Mais ils s'envolent vers d'autres rapines et la solitude abso-
lue de ce décor étrange se fait à la fois plus douce et plus
prenante. Une harmonie de bleu pâle et de bruns marie le
ciel presque printanier à la nature encore hivernale. De la

ville monte une rumeur lointaine qui souligne le silence en
contrepoint. De minuscules sentiers sillonnent les pentes
qui mènent à la citadelle, et retrouvent la craie de la falaise.
Quel décor extraordinaire pour des jeux d'enfants, des
embuscades simulées, des attaques factices ! Car toute cette
forteresse vue de loin ressemble presque trop à l'idée qu'on
se fait d'une forteresse pour qu'on y croie tout à fait. Il faut
s'approcher davantage pour éprouver avec le poids des
murs la présence réelle du passé. Des noms se réveillent, de
Richard Cœur de Lion à Jean sans Terre et Philippe
Auguste. Les arches creusées dans la pierre sont autant de
regards tragiques. L'idée de siège, de défense, de famine et
de mort plane tout à coup. L'histoire n'est plus une abs-
traction rassurante, Château-Gaillard n'est plus la seule

citadelle censée barrer au roi de France la route de Rouen.
Il y a près de huit cents ans, les troupes de Philippe atta-
quaient ce bastion d'une Angleterre normande. Huit cents
ans : un espace de temps immense et familier, comme la
vallée même. La guerre était sans doute un peu plus crue,
mais les hommes faisaient la guerre, et les hommes n'ont
pas changé.

Pourtant le paysage est si paisible, dans les encadre-
ments de pierre. Des péniches processionnent lentement
sur la Seine ; dans la courbe vers Rouen, leur sillage épouse
si docilement le méandre du fleuve qu'elles paraissent
indissolublement liées au décor, comme sur ces anciennes
gravures d'école où chaque chose semblait arrêtée dans le
temps. Au-delà de la Seine, près des sablières, d'autres
pièces d'eau morte prolongent l'idée de miroir et d'immobilité.

Je m'assois sur un banc, au bout du promontoire, à la
proue du château. C'est bon d'imaginer qu'on pourrait
vivre dans l'île minuscule, en contrebas. Une maison s'y
dresse ; une barque renversée ébauche l'idée d'un transit
tranquille et d'un autre âge, des rives du présent à l'île du
temps suspendu. La matinée se creuse, penche vers l'heure
un peu plus vague de midi. Aucun touriste n'est venu troubler ma petite balade en amnésie mineure. Avant de m'en
aller, je jette un dernier regard sur Château-Gaillard : derrière les broussailles blondes, le donjon compact, les pans
de pierre préservés tiennent sous l'apparence du silence un
curieux langage d'arrogance et de blessure mêlées. L'herbe
rase évoque à la fois la France et l'Angleterre, rapproche
quelque part les rêves de Philippe Auguste et ceux de
Richard Cœur de Lion. Le fleuve coule.

DE VERT, DE PIERRE ET D'EAU

Abbaye de Mortemer

Elle est venue, cette semaine à dérober au temps, à déguster en douce. Volée aux pluies lancinantes de l'hiver, elle leur a donné un sens au moment même où l'humidité normande allait basculer vers l'absurde.

Oui, tant de patience, tant de ciel sourd et tant d'ennui, c'était pour allumer le vert. Il a brillé soudain, gorgé d'attente et de réserves de vigueur. Ah, ce vert profond gagné jour après jour sous les eaux mornes, ce vert fragile aussi, car il y faut le talent fou de quelques jours de fantaisie qui ne viennent pas toujours !

Ce vert brillant, avivé par tant d'eau courante ou souterraine, ce vert qui déferle parfois jusqu'au bord de la mer, sous les pommiers en fleur, quelque part entre Trouville et Honfleur. Ce vert que l'on oublie, mais qui fait de tout Normand un exilé quand il le quitte.

Il est un coin de Normandie où le vert chante dans une tonalité inimitable. C'est quelque part autour de Lyons-la-Forêt, quelque part au bord du Crevon, de l'Andelle, de la Lieure ou du Fouillebroc.

On dit que les eaux de là-bas sont fraîches, et ça doit être vrai, car c'est bien de fraîcheur qu'on se sent habité

soudain à leur approche. Fraîcheur de l'eau. Fraîcheur surtout de la lumière. Sur tous ces coteaux dessinés sagement
entre tant de vallées, sur tous les hêtres solennels de la forêt
de Lyons, les premiers vrais soleils ont un éclat singulier.

Il y a un vert-soleil de la région de Lyons. C'est peut-
être la proximité constante de l'ombre qui donne à la
lumière son intensité.
C'est sans doute la variété
du relief, qui fait se côtoyer
dans d'insensibles dégra-
dés les méplats contigus où
les brillances du soleil s'ac-
crochent. L'idée de l'eau, la
profondeur de la forêt : le
vert y prend comme une
ombre de bleu.

L'abbaye de Mortemer
est là, tout contre la forêt.
A la source du Fouillebroc,
des enfants torse nu s'éclaboussent en ce début de mai,
comme si la vie soudain jouait à l'été. Sans doute tous les
enfants de France et de Navarre s'amusent-ils ainsi, par une
semaine de vacances. Mais dans les pays de soleil sûr, de
beau temps raisonnable, peut-être n'ont-ils pas cet enjouement fébrile, presque menacé — dans les rires on entend
cette impatience. Mortemer : le nom de cette première
abbaye cistercienne de Normandie semble bien solennel
pour saluer l'effervescence du printemps. Une digue
retient à l'est un vaste étang. Les ruines de l'abbaye s'éten-
dent à l'ouest du vallon.

Fondée au XIIe siècle par Henri Ier d'Angleterre, dit
« Beauclerc », l'abbaye de Mortemer possédait une
immense église. Mais des bâtiments de l'enclos monas-

tique, il ne reste que le grand logis, le colombier, les bâtiments de ferme et la porterie.

Toujours aussi mauvais élève, je n'irai pas solliciter une visite commentée, donner une orientation précise aux signes du passé. Ici comme partout, ce qui me plaît, c'est l'atmosphère — non un problème à résoudre, mais un

spectacle à regarder. J'aime ces domaines où les pierres meurtries retrouvent une autre essence en se laissant gagner par la végétation.

Ainsi, devant le colombier, ce pan de mur en brique et pierre qui n'est plus rien que sa matière, blondie par le soleil, heureuse de se livrer aux bras du lierre, de laisser déferler l'ampleur vernissée du feuillage. Il y aura ici tant d'autres rendez-vous semblables : ogives dessinées sur profusion de pâquerettes, mur compact et branches de pommier, chapiteaux décorés de feuilles d'eau, et de lisière au loin.

Un lieu conçu pour la prière, la retraite et le travail : le temps passé, les destructions n'ont pas aboli ces trois vœux. Ils se prolongent sur un autre plan, dans un dialogue entre le végétal et le spirituel qui ne les renie pas.

Mais l'abbaye de Mortemer a d'autres charmes. Passé l'enclos des vestiges, on se retrouve en pleine nature, au long de l'étang. Sous les frondaisons vert pâle toutes proches, des daims broutent l'herbe tendre, et ne semblent guère s'effaroucher de votre approche. On peut les approcher, s'étonner de la texture presque rêche de leur poil, dont l'idée reste si douce. Petits princes des lieux, ils gardent une distinction très artistocratique, qui tranche avec les cancanements éperdus de la gent volatile. Les oies, les colverts, les bernaches tiennent la rive de l'étang avec une exigeante familiarité pour les possibles pourvoyeurs de nourriture. On leur pardonne : leur plumage lissé par l'eau a des couleurs si nettes et si vives, sur fond de vert et de vert-bleu. Becs et pattes orangés brillent si joliment sous le premier soleil !

Plus loin, l'étang se partage, et devient plus mystérieux, abritant en son centre une espèce de forêt engloutie, marécageuse, où des oiseaux se sont nichés. Malgré la chaleur nouvelle, les rives sont restées boueuses, çà et là entamées par le remue-ménage des rats d'eau qu'on voit nager puis disparaître.

On peut faire le tour, mais ça devient presque une aventure. Juste de quoi se sentir un peu seul ; juste de quoi mesurer la chance d'une telle lumière, après tant de pluies. On s'en revient sur l'autre rive, déjà familier des lieux. On s'attarde au retour dans la fraîcheur du colombier. C'est bon d'avoir envie de l'ombre !

HARMONIE BAROQUE
ET COULEURS D'AQUARELLE
Parc du château de Beaumesnil

Marcher par un matin d'hiver dans le parc du château de Beaumesnil. Être seul dans l'apparence du présent, flâner par ces allées-miroirs de la mémoire, le long de ces bassins-reflets : c'est tout le privilège à déguster, sous un soleil fragile, emmitouflé dans une écharpe de silence. J'aime bien Beaumesnil, la façon dont le château s'inscrit dans la paix du village. Il en est la fierté, mais sans ostentation. Une courtoisie réciproque semble lier le village normand à ce château Louis XIII que l'on aborde en douce, dans une fraîcheur potagère. Autour de la maison du gardien, des petits murs à l'anglaise, des serres, puis une arche de pierre couverte de glycine : c'est dans ce contexte intimiste que le château déploie la première image de sa majesté, tempérée comme on voit de souriante rusticité. Très britannique encore cette allée d'herbe qui vous mène au bord du bassin, sur le gravier d'une allée enfin disciplinée à la française. Un cygne solitaire achève sa toilette, puis vient complaisamment jouer son rôle, nager en blancheur hiératique, comme pour mieux souligner la délicate harmonie de brique rose, de pierre à peine grise.

Dans la lumière étonnamment miellée de cette matinée de janvier, les couleurs sont si douces. De l'ancienne forteresse de Robert d'Harcourt, il ne reste plus qu'un imposant donjon circulaire, couvert de buis taillé. Mais le

château lui-même, malgré l'ampleur du bassin qui le cerne, malgré la symétrie de son ordonnance, fait d'emblée basculer les rêves et les images vers un imaginaire plus fantasque que les tonalités de la palette ne l'eussent suggéré. Baroque. L'adjectif semble sourdre de lui-même, devant tous ces pilastres bagués, ces frontons brisés, ces masques en alternance souriant ou grimaçant au tympan des fenêtres. Baroque. Le mot se débarrasse ici de ses connotations de dorures surchargées, pour retrouver l'élan d'une fantaisie plus authentique. Tout en haut du château, comme une étrange chaloupe de sauvetage posée sur le navire, comme un dernier cube posé insolemment par un enfant génial sur l'ensemble du jeu, cette petite pièce vitrée qui domine la plaine m'a toujours fasciné.

Quel plaisir ce serait d'écrire là-haut, dans le parfait silence de l'hiver, en dominant les pièces d'eau, les allées rectilignes, et au-delà, les champs et les forêts ! Près des fenêtres battues parfois de pluie, et parfois caressées de neige, l'imagination déferlerait en vagues de tempête pour un grand roman, un peu étrange et un peu fou. Tout le

château, devenu musée de la Reliure, et dont j'ai savouré bien des fois la bibliothèque délicieuse avec ses boiseries, ses galeries, son escalier tourbillonnant, tout le climat de la demeure appellent ce fantasme, ce fantôme. Le rêve absolu d'écrivain : habiter solitaire le château de Beaumesnil, y dévorer le soir tout le trésor des éditions précieuses ; à l'aube, grimper dans la chaloupe-tour de guet pour écrire à son tour un livre qui accueillerait tout l'espace et le vent, et puis, beaucoup plus tard, après la mort, venir faire semblant de s'endormir très sage dans un rayonnage du salon.

Mais il y aurait aussi, bien sûr, de longues promenades dans le parc, comme ce matin. Arpenter la longue allée centrale, au-delà du château, jusqu'à cette autre pièce d'eau. Deux bancs désertés s'y font face, comme pour un rendez-vous manqué. Errer à la lisière du sous-bois, se rassurer avec ces images villageoises, blotties contre le château : un lavoir, un herbage où paissent des moutons. La frontière entre la campagne et l'atmosphère châtelaine se fait ici en subtils dégradés. On se croit presque dans un bois ; mais tout à coup surgit une statue de faune un peu moussue, qui rend à la nature l'empreinte du rêve baroque. Alors on s'en revient au bord du château d'île, isolé dans l'hiver — le bout du pont est relevé —, pour l'abandonner au silence. Les branches nues des rosiers habillent la pierre des murs d'une sévérité faussement végétale, où l'on retrouve le message des contes merveilleux. Tout est livre, tout est rêve, tout est fantôme du passé. Baroques les piliers surmontés de boules compactes, de vases ornés de lions menaçants, baroques les cartouches, tous les masques de pierre. Le cygne file, effleure la surface du miroir où s'abolissent les légendes. Une tempête ferait glisser tout cela vers le tragique. Mais le soleil est presque tiède, et c'est très bon de boire en couleurs d'aquarelle cette douceur trompeuse où dorment des secrets.

LE ROUMOIS
À L'ÉTÉ DE LA SAINT-MARTIN
HARMONIE BLEUE ET MIEL

Bosc-Roger en Roumois

L'été de la Saint-Martin. C'est une idée qui flotte quelque part, le rêve d'une oasis entre deux bourrasques, la volupté mélancolique de s'avancer en manches de chemise sous un soleil tiède en se disant c'est la dernière fois. Ce dernier feu du dehors, ce petit bonheur blotti déjà contre l'hiver, nous avions tous cru cette année ne pas les mériter. L'été avait été si beau, si long ; l'automne se devait d'être précoce ; on se disait qu'on n'en voudrait pas à la pluie, et qu'après tout, un peu de neige… Eh bien, non. Qu'avons-nous fait pour mériter ce retour des saisons, soudain rendus au rythme d'autrefois, à celui que les vieux racontent ? Nos derniers étés avortés de Normandie nous donnaient en cadeau avare un faux été de Saint-Martin, à cueillir vite, en fraude, à la Toussaint. Le somptueux été de cette année a poussé l'élégance jusqu'à calligraphier son dernier paraphe à la date prévue par le calendrier.

Onze novembre. Été de la Saint-Martin. J'avoue préférer aux drapeaux tricolores un peu trop récurrents ces derniers temps, cette oriflamme bleu et or que le soleil tardif a déposée sur la campagne normande. Pour en goûter l'ampleur soyeuse, il me fallait un décor vaste et simple, des champs et des bosquets, des arbres essaimés dans un espace ouvert. J'ai trouvé tout cela dans le Roumois, petite province resserrée entre la Risle et la Seine, et qui, avec son voisin d'outre-Risle, le Lieuvin, fait doucement transition entre Pays de Caux et Pays d'Auge.

A Bosnormand, je ne sais trop pourquoi, le clocher d'ardoise de l'église montant vers le ciel clair dans un enlacement délicat de branches déjà dénudées m'a donné envie de m'arrêter pour faire la route à pied. Je ne l'ai pas regretté. A droite, les champs s'étendaient au loin, la terre labourée brillait dans la lumière fraîche. A gauche, tout de suite, un pigeonnier au damier de briques roses et  noires savamment entrecroisées ; tout près, des vaches bien tranquilles, avec leurs mappemondes dessinées sur le flanc. Au pied des pommiers, des poiriers, les derniers fruits tombés, oubliés dans l'herbe, et cette entêtante odeur qui fait penser à des celliers, ce parfum lourd qui est encore celui du fruit, et déjà semble celui d'un alcool. L'après-midi commençait à peine, et pourtant la lumière avait cette intensité flamboyante et menacée de la beauté qui va finir. Plus loin, une grille s'ouvrait, vers un domaine mystérieux, qui pouvait être celui du Grand Meaulnes. Les murs hourdés de terre, coiffés d'un petit toit moussu, avaient ces brèches émouvantes qui s'ouvrent sur un château espéré, au bout d'une quête intérieure. Oui, Augustin et Yvonne de Galais auraient pu se rencontrer là, échanger quelques mots maladroits. Dans le parc, le mystère des sapins se mêlait comme il se doit à la mélancolie des érables. J'ai poursuivi ma route. Il faut garder l'idée des fêtes étranges, et ne pas trop les approcher.

Curieuse, cette campagne. On croit se perdre dans les champs, et puis on découvre, étonné, des hameaux qui se touchent, un bourg paisible et silencieux. La Capelle. Bosc-Roger en Roumois. On est en Normandie, assurément, une Normandie souriante, mais tout intérieure, assez secrète. Les images glanées là ont cette quiétude qui en prolonge le reflet. Sur les ombres déjà plus longues d'un herbage onctueux, j'ai gardé la rousseur arrogante d'un coq tutélaire. Je n'ai pas de sympathie particulière pour les poules et les coqs, mais ce sont des animaux conçus pour la Normandie. Posez-les sur un fond d'herbe profonde : vous avez un tableau, une harmonie superbe, à la fois veloutée et triomphante. Dans les jardins de Bosc-Roger, les dernières roses se dénudaient. Dans la campagne retrouvée, j'ai vu sans les effaroucher ces tableaux si normands, eux aussi : des pommiers mangés de gui, quelques moutons, au fond un paysan en bleu tapant sur les douves d'un tonneau. Des chevaux friands de pommes, avec des robes ambrées comme la fin de cet automne, et qui viennent de loin se faire caresser, les naseaux frémissants.

J'ai ménagé surtout cette dernière toile découpée dans l'été de la Saint-Martin : un feuillage doré, d'une transparence de miel, exaspérant parmi des branches déjà mortes ce bonheur fou de croire au soleil encore bleu. Au loin et sur toute la plaine, une petite brume froide montant vers le soir.

TOUS LES VERTS

Ferrières-Saint-Hilaire

J'ai découvert Ferrières-Saint-Hilaire à bicyclette. La joyeuse effervescence du rallye-vélo n'empêchait pas de boire les images en passant ; on les dégustait au contraire avec une enthousiaste légèreté sous les plaisanteries d'usage, en se tenant des promesses de revenir. D'un périple flâneur d'une soixantaine de kilomètres à travers des paysages buissonniers, des routes de maraude, c'est ce nom-là que j'ai gardé le plus précieusement, me jurant bien d'en faire un prochain sujet de balade. Le nom de La Ferrière était lié pour moi aux courbes de la Risle. Il me faudrait désormais y faire chanter les méandres semblables et différents de la vallée de Charentonne. On est toujours plus routinier qu'on ne le pense. Pourquoi, en allant vers Broglie, n'avais-je jamais été tenté par cette route minuscule, infléchie sur la droite ? Mais c'est bon aussi de se dire qu'il reste ainsi des coups de cœur, des secrets à débusquer tout près des sentes familières. Et puis, le jour du rallye-vélo, chacun se contentait d'une absence de pluie déjà miraculeuse, en ce début juillet. A l'évidence, Ferrières-Saint-Hilaire méritait mieux que le ciel gris.

Un mois plus tard, l'été avait gagné le silence de la vallée.

L'été normand est hypocrite. Il peut installer sans remords un décor infini de pluie, de vent. Mais quand la chaleur, la lumière viennent jouer dans le tableau, c'est avec une tranquille assurance, une sérénité modeste où dort un peu d'affectation. Sur tous les verts changeants de Ferrières-Saint-Hilaire, le bleu du ciel avait cette matité sage qui n'écrase pas les nuances, à la différence de certains azurs méridionaux. Tous les verts. Pendant quelques jours, je m'étais éloigné de la Normandie. En y revenant dans la paix du mois d'août, je mesurai soudain combien le vert m'était devenu essentiel. Le marin breton a sûrement besoin des couleurs de la vague, le marcheur montagnard de l'éclat du glacier. Moi j'ai besoin de la forêt, des vignes vierges, des herbages.

Pour ceux dont l'univers mental s'habille ainsi de vert, Ferrières-Saint-Hilaire a tout du paradis. Le long d'une barrière blanche, j'ai bu d'abord le vert un peu acide de pommes pas encore mûres, dormant au creux du vert profond des feuilles recourbées. Tout près de là, les marches usées, les piliers du porche étaient gagnés par toutes les tonalités du vert d'ampélopsis, du plus sombre des branches aînées au presque translucide des dernières feuilles. Là-bas, au-delà du jardin, la maison en miroir arborait même habit de feuillage, doucement ourlé au fil des ans. J'ai bien aimé la boîte aux lettres officielle incrustée dans la pierre, avec cette inscription d'une courtoise fermeté : « La levée de mercredi est faite ». Car chaque jour devait avoir ici son prix. En me retournant, j'aperçus au-

delà de l'église un éton-
nant domaine, une maison
immense aux fenêtres ogi-
vées, également blottie
sous un manteau de vigne
vierge — comme si toutes
les demeures du village
avaient voulu se placer
sous le signe du vert triomphant, et se civiliser en
s'abritant dans la tonalité
majeure.

C'est tout petit, Fer-
rières-Saint-Hilaire, mais on ne se lasse pas d'en refaire le tour, de descendre en quelques pas au bord de l'eau, puis de reprendre le petit chemin d'herbe qui monte vers l'église entre les noisetiers. Le lavoir a quelque chose d'un tableau de Magritte : en en poussant la porte, on est au ras de l'eau, comme dans ces chambres fantastiques qui s'ouvrent sur le ciel. C'était très doux aussi de déguster le vert à l'ombre du lavoir : dans le reflet de l'eau, près du vieux mur de pierre blonde, ne dormait plus qu'une fraîcheur d'aqua-relle. La matinée se faisait chaude : j'ai flâné longuement au bord de l'eau, en contrebas du petit pont, dans le ruis-sellement paisible du vannage. Là dormaient des verts émeraude et d'autres presque blonds. On entendait juste le bruit de l'eau, la rumeur des oiseaux, et quelquefois

au loin un cri d'enfant, dans un jardin caché. Par ailleurs,
pas une âme.

Il m'a fallu en chercher le passage autour de la petite
église. Des campanules poussaient joliment dans un recoin
du mur. Dans le cimetière m'attendait cette improbable
tristesse, en plein cœur de l'été : toute une rangée de
tombes enfantines ; sur l'une, une statuette au visage d'une
finesse douloureuse. Ainsi, la mort pouvait aussi venir, et
bien trop tôt, dans cet enclos si protégé, si tendrement paisible, en plein cœur de l'été : Ferrières-Saint-Hilaire. J'y
reviendrai à la fin de l'automne. La vigne vierge rougeoyante doit se parer ici de splendeurs déchirantes, quand
les pommes sont mûres et que tout doit finir. En quittant
le village, j'ai vu trois petites filles qui repeignaient une barrière. La vie repeint la mort. On n'en voit rien d'abord, et
puis, en s'approchant… Pour faire chanter les verts à Ferrières-Saint-Hilaire, il faut tout le talent des barrières bien
blanches, et des rires d'enfants.

AU SECRET DES VENELLES

Orbec

Orbec : ce nom déjà, dont l'étymologie nous dit qu'il s'agit du « ruisseau de la truite », mais qui laisse l'esprit vagabonder sur d'autres connotations.

Orbec : les sonorités marient la douceur offerte et une sauvagerie âpre qui râpe le gosier. Un nom pour moitié médiéval et pour moitié moyenâgeux, qui déploie des oriflammes et ouvre des venelles obscures.

Orbec : pour la première fois, une promenade poétique passe la frontière du département. A peine. Mais cette sensation d'être en lisière, à la limite des Pays d'Ouche et d'Auge, renforce la singularité d'une ville prenante, qui trouve son essence par son propre pouvoir, sans dépendre des terres qui l'entourent.

Septembre nous a rendu cette belle lumière un peu molle qui tient de la pomme, de la poire et du coing, une lumière aux trois fruits d'automne. La sécheresse de l'été nous l'avait annoncé : septembre cette année sera déjà tout autre chose. J'aime bien ces années où la démarcation des jours se fait dès la rentrée des classes ; des pluies, bien sûr, mais aussi de jolies clairières dorées qui leur succèdent.

C'est une fin d'après-midi comme ça. La Rue Grande est animée juste ce qu'il faut, avec cette nonchalance affectée des consommateurs qui s'étonnent de pouvoir prendre encore un pot à la terrasse des cafés. Mais c'est le Vieux Manoir qui donne la couleur, et fait jouer dans son ombre

une pavane Renaissance. Les cariatides et les feuillages sculptés sur ses façades lui donnent une majestueuse opulence, mais c'est la riche austérité des colombages et plus encore la délicatesse de l'entrecolombage qui font le chic de ce lourd vaisseau bâti jadis pour un tanneur ou un apothicaire qui ne devait pas être dans le besoin. De l'autre côté de la rue, la chapelle de l'hôpital prend une douceur aquitaine dans l'éclat du soleil fléchissant, et sa brique se fait rose orangé. Partout des petites rues pavées, demi-pavées vous appellent et vous invitent à commencer un chemin de maraude qui semble aller de soi. Tout est courbe, ventru, resserré, imbriqué. L'arrière des maisons s'ouvre sur des cours minuscules où les glycines ont refleuri.

Les chats, le plus souvent, sont les maîtres des lieux, comme celui-ci qui me toise sans crainte, devant ses pots de géraniums. Au fil des pas, la promenade s'enrichit de noms savoureux : la rue de la Halle-aux-Frocs ! Des gouttières à l'esthétique discutable s'entrelacent sur les murs, et quelques anciens cabanons à usage très intime s'échelonnent délicatement sur le ruisseau.

Bref, ni l'ancien ni le vieux ne sentent le chiqué. Dans tout ce dédale, le couvent des Augustines s'inscrit sans effort. Un coup d'œil jeté à travers une paroi vitrée donne les perspectives harmonieuses d'un lieu qui fut salle de jeu de paume avant de prendre une option plus mystique.

Un bruit mat, familier, synonyme encore d'été, rythme à présent la fin d'après-midi : celui des boules entrechoquées. On joue à la pétanque devant la mairie, et ce remue-ménage tempère un peu la solennité du vaste bâtiment XIXe.

Tout ce périple à rebrousse-poil me conduit jusqu'à l'église Notre-Dame, dont la tour massive est allégée par le joli clocher Renaissance. Une halte devant l'hôtel de Croisy. Une plaque annonce que Debussy y composa son *Jardin sous la pluie*. Un regard indiscret jeté par un interstice du porche suffit à faire deviner la grâce symboliste de l'endroit. Il est dès lors tentant d'aborder une nouvelle marche buissonnière, de l'autre côté de la rue Grande.

Orbec est fait pour ça : pour aller de ruelle en venelle, de pavé en pavé, pour découvrir ici une tête de lion sculptée, là une résurgence de la rivière, ou simplement l'éclat d'un géranium contre le vieux bois d'un volet peint. Et puis il y a dans l'air quelque chose d'un film de Chabrol, la ville haute et la ville basse qui se frôlent et se côtoient.

La pluie doit être longue ici. Mais c'est un soir d'automne. L'ombre gagne les pans de bois. Le soleil doux caresse les pavés. Les chats veillent en silence.

LE TEMPS MULTIPLIÉ

Château de Vascœuil

La vallée de l'Andelle. Rien que ce mot… Andelle… Fraîcheur légère, transparence, soleil dans les branches, rumeur d'oiseaux, bruissements de feuilles et d'eau. La forêt de Lyons. Hêtraie immense, fûts solennels dignes d'un opéra de Wagner, quête du Graal au bout des cercles de lumière. Appuyé contre la forêt, baigné par les bras de l'Andelle, le château de Vascœuil mêle sans effort ces deux atmosphères, se dresse avec une souriante austérité. Et puis, tous ces coquelicots, sur la colline en face : sans doute un petit signe de Monet, comme pour rappeler qu'ici l'art est seul maître.

Vascœuil… Reviennent aussitôt des images, des atmosphères que j'ai glanées là, d'une exposition à l'autre. Les longues jeunes femmes pâles de Delvaux traversant des halls de gare dans une lumière étrange et mauve. Des personnages de Folon marchant infiniment dans le désert des transparences. Vascœuil au fil des ans a abrité tant de regards contemporains, d'univers différents…

En ce matin de juin qui penche enfin vers la lumière de l'été, l'air est resté d'une fraîcheur saisissante. Quelques

brumes se dissolvent doucement dans un ciel déjà bleu, mais de ce bleu voilé qui vient adoucir les contours, souligner les nuances. Personne dans le parc. J'avance au long des allées, un peu comme Augustin Meaulnes au matin de la fête étrange, lorsqu'il s'attend d'une minute à l'autre que quelqu'un le hèle en lui lançant : « Déjà réveillé, Augustin ? »

Il y a d'abord le bruit de l'eau cascadant savamment sur la pierre entre les bacs de géraniums.

Tout près, de l'autre côté de la rivière, des chevaux dessinent leurs silhouettes graciles dans les herbes hautes blondies par le premier soleil. Sur la pelouse, des canards endormis semblent enroulés dans leur propre chaleur et luttent ainsi contre la mouillure encore froide. Mais c'est précisément cette frilosité qui fait le prix de l'heure, sa fragilité.

Ici, les prémices du beau temps ne s'imposent jamais avec cette arrogance des « pays imbéciles où jamais il ne pleut » que détestait Brassens. Dans le parc de Vascœuil, les ombres longues du petit matin glissent vers des secrets épars, des mystères à cueillir. C'est bientôt la surréalité de ces pommes géantes, la verte sur banc, la rouge à même l'herbe, comme pour attester à la fois l'assise normande du lieu et son dépassement : ce sont des pommes de sculpteur, et la réalité devient ici une épreuve d'artiste.

Déjà le colombier s'arrondit au bout de l'allée. La brique rosée par la pureté de la lumière neuve prend une

douceur aquitaine. La vie, l'image de la vie vont se répondre sans cesse au fil de mes pas, se confondre, se multiplier. Sur le joli toit de tuiles anciennes de cette maisonnette, les oiseaux blancs se rassemblent, se dispersent et s'envolent, mais avec une fluidité, un hiératisme venus d'un autre espace ou d'un autre temps. C'est peut-être la présence à leurs côtés de cette statue de Volti : *Chuchotement*. Trois femmes embrassées dans le même silence, le même mystère, et dont l'intimité préservée, la gravité murmurée semblent planer sur les fleurs mauves, les oiseaux.

Tout est ici d'hier et d'aujourd'hui, de demain, de partout. C'est le pouvoir de ces présences distillées de recoin en recoin, de buisson en esplanade. Les mains du *Pierre le Grand* de Chemiakin sont bien vivantes, et sous leur impassibilité apparente ne peuvent cacher la volupté de goûter pour l'éternité la fraîcheur d'un matin de juin. *La Dame de Tours* de Volti trahit le même imperceptible frémissement. Le visage à demi caché par sa main gauche, elle irradie de tout son corps la tiédeur bénéfique des premiers rayons.

Le château lui-même semble changer d'essence, à se découper à travers les enchevêtrements célestes de Carzou, les trois grâces de Volti.

Le XVᵉ siècle n'y est pas pétrifié, mais ranimé par les signes contemporains qui lancent à leur manière le même message : une façon d'abolir le temps en reflétant le temps, de lancer des messages éternels pour la fragilité d'une journée de presque été.

Pomme de Cordonnier, céramique de Folon, sculpture cinétique de Vasarely : tous les signes se parlent, et parlent au château, répondent au colombier. La statue de Michelet, dont l'âme imprégna tant le lieu, trouve sereinement sa place non loin d'un mobile de Calder. Il y a ces mosaïques de Vasarely où le château suggéré prend ce volume d'une composition en abîme.

Ici, ce n'est pas, comme dans un tableau de Van Eyck, le miroir bombé d'une sorcière qui renvoie l'image du décor, mais un reflet transfiguré par sa course à travers les siècles.

Une ombre passe sur *La Mère et l'Enfant* de Fernand Léger. Dans un clapotement de voile, une aile blanche dessine une ombre sur le colombier. C'est un matin de juin dans la douceur du temps multiplié.

HARMONIE DE FEUILLAGES
À CONTRE-JOUR
Harcourt

arc du château d'Harcourt. Il fait très beau d'un beau temps étonnant, sans menace d'orage, sans nuage, sans vent. Dans le ciel bleu pâle le soleil commence à peine à décroître; les visiteurs commencent à peine à quitter le domaine. Devant le château, des comédiens répètent : une petite effervescence décroît doucement. Je garde un peu cette rumeur, ces mouvements, dans la chaleur d'un jour de mai que rafraîchit la pierre ancienne et ses promesses d'eau, de profondeur moussue, d'épaisseur pacifiante, l'idée de puits, de fossé, de forêt. Je sais pourquoi je suis venu. Traverser le parterre, où les cercles de pâquerettes font penser à des enfances, à des jeux, des chandelles, à des pièces de Marivaux jouées en plein air — et des amants se poursuivraient, s'essouffleraient à retrouver la ronde du bonheur. Quelques allées faussement symétriques s'ouvrent au bout de cette esplanade-clairière dont l'ampleur à la fois bucolique et très civilisée marie sans effort le blanc mat de la pierre, le vert profond du parc-forêt.

Choisir l'allée Pépin et bientôt s'enfoncer dans le silence. Dans la lumière oblique, la délicate aura du contre-jour, les véroniques bleues, les géraniums sauvages poussent en liberté au pied des pins Douglas, des thuyas géants. Entre les pins, les hêtres et les chênes, les sorbiers des oiseleurs, tous les verts, du pâle tendre au presque bleu, déclinent leur mystère, leur fraîcheur, de feuilles en aiguilles. Les promeneurs se font très rares, et vous croisent sans

bruit, chacun replié dans sa quête d'ombre lumineuse, de flânerie végétale protégée. Les fougères déploient leurs crosses neuves recourbées près des houx luisants, poussiéreux et austères : tout semble à la fois sauvage et ordonné.

Allée Pépin. C'est joli, aussi, de longer une allée dédiée à la mémoire d'un jardinier, fût-ce un jardinier-chef du Muséum… Tout au bout de l'allée Pépin, on est bien loin des boulevards aux noms guerriers, des rues qui s'affichent politiciennes. Je sais qu'au bout de cette allée, une autre allée perpendiculaire longe le parc, et déploie l'éclat surprenant d'un immense buisson de rhododendrons. Allée Bouquet-de-la-Grye : dans son envolée très Grand Siècle, son aristocratique légèreté, ce nom-là gardera son charme et son opacité. Tant mieux : ma soif d'érudition a toujours eu tôt fait de laisser place à une rêverie cotonneuse un rien béate, où les noms, les images, se croisent en négligence. Le mauve raffiné des rhododendrons épouse à la perfection ce nom que je garde secret, porteur de cette image mauve : Bouquet de la Grye. C'est une soif, aussi, la récompense d'un chemin. Il y avait des fleurs du même ton près du château. Mais tout au fond du parc, elles prennent une autre essence, à s'épanouir au cœur de la forêt, des herbes hautes. Le glacier du téléphérique et le glacier gagné à pied n'ont pas le même bleu, la même vibration dans la lumière. Ainsi, ce rose mauve tacheté des fleurs atteintes au fond du parc a-t-il une fraîcheur, un éclat, une délicatesse de langage qui effacent la domesticité des rhododendrons jardiniers. On oublie le nom trop savant : une suavité nouvelle en fait des bouquets de la Grye. Bouquets sucrés, corolles mouillées mauves qui peu à peu s'allègent, se délavent en s'entrouvrant, jusqu'à ce rose extrême pâle.

Voilà. Déjà, l'allée Notre-Dame-du-Parc me ramène au château. C'est l'heure oubliée de l'après-midi, sans doute au moins six heures, il ne faut pas se laisser enfermer. Difficile d'imaginer qu'on est soumis dans ce décor à des contraintes de garde et de grille. Entre les fûts des sapins de Nordman et des sapins de Vancouver on aperçoit des champs de blé. Puis, sous une haute voûte de hêtres élancés, l'image du château revient, dans la tiédeur du jour penché. Les pieds dans l'herbe haute on se sent châtelain, peut-être un peu âgé, marcheur mélancolique, mains croisées dans le dos, porteur d'un songe ancien, d'un monde qui finit, malgré l'éternité du soir. Les fleurs de pissenlit sont devenues ces boules neigeuses diaphanes qu'on souffle et qui s'envolent, évanescentes — ainsi le temps semble glisser au loin sur la silhouette du château.

Delamarre, Michaux, Pépin : des hommes jardiniers ont prolongé tour à tour leur rêve de feuillage, ont fait cette forêt, ce parc, pour laisser quelques traces, effacer quelques peines — chaque ombre douce est un peu de leur vie. Près du château, l'arboretum, en un dernier bouquet d'artifice forestier, explose de noms délicieux, de silhouettes étonnantes. *Cryptomeria japonica*, libocèdre d'Amérique, alisier torminal, sorbier domestique, érable à feuille d'obier : chacun de ces noms-là est comme un vol d'oiseau, une fontaine. Mes préférés seront le hêtre pleureur ruisselant, un immense marronnier d'Inde aux fleurs chandelles, couleur de sorbet panaché fraise-framboise. Le hêtre tortillard, enfin, tient la vedette, et en fait presque trop. Pour un corps si âgé, est-ce bien raisonnable de se déhancher en rugueuses arabesques, de se lancer dans une danse de Salomé plus contournée qu'une gravure de Moreau ?

Tout près de ces stars végétales, la ferme du château offre en contraste un décor raisonnable : petite serre et petit potager, mur bas donnant sur la Chambre des comptes. Je reviens dans la cour. Les comédiens sont toujours là. En tenue d'aujourd'hui, ils font vibrer les murs avec des mots de Moyen Age, préparent la magie de quelques soirs d'été, où tout basculera vers le passé. Quand le soir tombe, on quitte lentement tous ces rêves croisés. Le temps n'est rien qu'un cercle de lumière au détour d'une allée.

UN BAC VERS LE PRINTEMPS
La Bouille

C'est un besoin qui naît avec le port de Rouen. Bien sûr, cela ne manque pas d'une certaine grandeur, ces grues-insectes découpant le ciel, ces lourds cargos exotiques dormant devant l'empilement des containers, puis ces colonnes de fumée créant leur propre ciel.

Avec la nuit, cela peut devenir presque féerique, une espèce d'enfer dantesque sur ciel mauve orangé : la beauté de la ville ne se dilue pas dans l'anonymat de banlieues vagues et fades, mais trouve dans cet univers une rupture à sa mesure. Quand même.

Passé Grand-Couronne, le désir vient d'une autre Seine. Alors, il y a cette courbe, et tout d'un coup la métropole industrielle s'abolit. Pas tout à fait. Il en reste l'idée, la menace qui vont rendre la suite précieuse, fragile et menacée. C'est dans cette disposition d'esprit qu'on arrive à La Bouille, au début du printemps.

L'hiver de cette année fut si long, coupé de fausses rémissions qui ne nous trompaient plus, et semblaient même en allonger le cours. C'est un mercredi après-midi. Sur le terrain de football, à l'entrée du bourg, des gamins

s'ébrouent avec ce je ne sais quoi de volupté en plus qui fait croire aux beaux jours. C'est mon baromètre le plus fiable. Les passionnés du ballon ont joué par tous les temps, dans le froid et la pluie. Mais arrive ce jour où le soleil presque tiède vient briller sur les maillots satinés. Les petits joueurs de foot ne ferment pas les yeux de bien-être, comme les adultes buveurs de chaleur. Fascinés par la balle, ils ne la quittent pas du regard. Mais le rythme est imperceptiblement plus vif ; et surtout, le plaisir semble moins venir de la réussite de l'action que du bonheur de courir en tous sens — alors, c'est le printemps.

Mes footballeurs ne prêtent guère attention au trafic du bac, tout près d'eux. Moins habitué, je m'abîme un long moment dans ce transbordement tout tranquille, qui donne un autre sens au fleuve, dans cet inlassable apprivoisement perpendiculaire. Les deux bras rouges de l'embarcation se lèvent sur le bleu de la Seine. Les voitures attendent quelques secondes sur le pont, mais sans ce stress sous-jacent qu'on pressent dans l'arrêt aux feux rouges.

Il y a même des cyclistes, les mains en haut du guidon, le regard paisiblement posé sur la rive d'en face. Le fleuve est large. Mais la sensation d'espace presque maritime vient beaucoup de ces pontons blancs, de ce démarchage incessant de rive à rive — ce n'est pas un trajet, mais un rite, qui donne aux comportements les plus sédentaires un petit parfum de navigation aventureuse.

Je me retourne. Le buste d'Hector Malot m'invite à quitter le rivage pour appréhender la réalité du village. Est-ce que La Bouille existe ? Le fleuve, surmonté de hautes falaises, la forêt qui commence juste au-dessus… la place laissée aux hommes paraît bien mince…

Eh bien, oui, La Bouille a une vie, et je ne parle pas de cette devanture un peu artificielle que constituent tous les restaurants égrenés en front de Seine, et d'où sortent à cette heure en alternance bien réglée des couples âgés et des hommes d'affaires.

Je m'enfonce dans la rue piétonne du Docteur-Magalon. Le resserrement des maisons à pans de bois, cette statue de bois à la proue d'une demeure ancienne : on est déjà dans le vrai et plus encore en atteignant ces jardins potagers nichés contre la craie de la falaise, si sagement blottis en carrés policés, à l'abri de la paroi immense.

Il y a des greniers à sel, des poulies pour monter le foin, des statuettes de vierges cachées dans les murs. La nature en est encore au jaune, aux forsythias triomphants, aux jonquilles — quelqu'un en a même mis un bouquet sur l'appui d'une fenêtre : cette jolie façon de fleurir les autres est déjà tout un style de vie. La côte Albert-Lambert est des plus raides : en quelques pas, on monte tout de suite vers un coup d'œil spectaculaire.

En même temps, l'idée d'atteindre ainsi une forêt a quelque chose de magique qui fait la singularité du lieu. Des petits champions de skate-board jouent de la pente avec une virtuosité consommée. Un guetteur les prévient de la possibilité de goûter le meilleur : le virage tout en bas, la longue décélération dans la ruelle plate.

Je longe la maison d'Hector Malot pour m'en revenir vers la berge. Elle sera meilleure avec cette sensation de savoir derrière soi la vie d'un village tranquille, au seuil d'après-midi. Un mercredi, c'est-à-dire avec juste ce qu'il faut d'enfance, de petits footballeurs, de glisseurs de skate-board pour bousculer un peu la promenade aux réverbères au long de l'eau.

Un chat s'étire au pied de la statue d'Hector Malot. Le cargo est passé. Dans le soleil tout neuf, le bac rouge et blanc peut reprendre sa course.

ROUGE, L'ÉTÉ

Rouge Moulin

Rouge groseille, c'est l'été : cette saveur acidulée qui monte aux lèvres rien qu'à regarder, cette langueur soudaine des jardins à manger, à boire, à picorer, c'est ça le vrai moment de la saison. Attendre a été long.

Mais maintenant la lumière dorée se fait un peu plus lourde, un peu plus lente : elle devient fruitée sur les petites grappes vermillon ; sucrée, elle joue la transparence et vient chercher dans la chaleur du jour l'éclat secret de la gelée. Les boules rondes sont déjà ces glaciers rouges translucides où le jardin d'été se gardera jusqu'à l'année prochaine. Mais c'est la gelée de l'instant. Juste avant de cueillir, c'est le moment fragile. Arrêter les jardins dans la perfection douce de ce rouge un peu acide. Le vert profond s'embrume d'une fausse modestie : sans lui, sans l'herbe vive où dorment tant de pluies, le rouge de l'été ne serait rien.

Oui, rouge et vert l'été de nos jardins. Pourtant, peu de cerises cette année. Mais le velours pelucheux des framboises, les fraises empoussiérées d'un peu de terre tiède, une opulence mesurée, dans la couleur normande. Et puis

le portillon du jardin tiré derrière soi, c'est la saison pour découvrir le monde à bicyclette. A pédalées rondes, un petit coulis de vent frais vient alléger la presque canicule, les promesses de moisson. Cette petite route-là est l'une des plus délicieuses. Passé La Ferrière, elle joue à cache-cache avec la Risle, entre Champignolles et La Vieille-Lyre. C'est un bout du monde très sage, avenant, vallonné, avec beaucoup de solitude et de méandres. Et rouges les coquelicots, sur les talus, entre les herbes hautes, les orties, ou les épis de blé. De près, un rouge un peu fripé, un peu passé, dans la texture soyeuse des pétales. Mais à happer au vol, un rouge triomphant ; celui d'un été sûr de lui, d'une chaleur méridienne où les envolées cyclistes les plus modestes prennent un goût de Tour de France.

La route est si intime, si étroite, quelquefois mangée d'herbe en son milieu. Le frôlement caoutchouté des roues sur le bitume chaud rythme la partition, joue les accords de la main gauche. Le chant, la mélodie viennent note à note des couleurs. Ce bleu du ciel qui garde un léger voile, au cœur même de l'été. L'herbe plus pâle sur le bas-côté.

En frontière d'un bois, soudain, les hampes entrecroisées des digitales. Rouges, les digitales ? Plutôt d'un rose mauve qui se décline presque jusqu'au blanc, en s'approchant des bords de la corolle. Vénéneuses, dit-on : prêtes à pleurer un suc pervers si on les emprisonne dans un vase. Mais elles ne sont pas à cueillir, ces hautes tiges solennelles de fraîcheurs égrenées le long de nos clairières, nos étés. «Contenir, écrivait Giraudoux, c'est la seule manière d'approcher.» Avec les digitales aussi, le bonheur c'est de regarder.

Un coude du chemin. Un panneau : Rouge Moulin. Des bâtiments à droite de la route : à gauche une grande maison à parements de brique, aux murs mangés de vigne vierge. La route traverse à l'évidence une propriété privée, et l'on se sent soudain un peu gourd, gêné de troubler la sérénité du lieu. Des voix devisent paisiblement derrière une haie. C'est peut-être ce détail qui vous donne l'audace de héler les occupants par-dessus le petit portillon, pour l'autorisation d'une photo.

L'accueil est des plus aimable. On vous ouvre la porte d'un petit paradis : la vieille roue de bois du moulin d'autrefois contre le mur de pierre, les poutres, le feuillage ; un saule blond pleut sur la fraîcheur vive de la Risle ; plus loin, la silhouette du vannage préservé…

Et puis cette ombre douce près de l'eau qui court, et fait la chaleur alentour tout juste désirable ; cette envie d'une lecture préservée au bord de la rivière, d'un bavardage paisible repris par intervalles, comme pour mieux goûter le bonheur du silence. Rouge Moulin, pourquoi ? Peut-être la maison de brique, ou bien la terre rouge des mines de fer — La Ferrière est si proche…

Mais peu importent les raisons. Elles n'expliqueront pas le pouvoir du lieu, cette sensation d'aborder un point d'ancrage de l'espace, une harmonie parfaite entre le présent, le passé, le bois et l'eau, l'ombre et la lumière. Des géraniums poussent contre le vert, sur l'appui des fenêtres. Un rosier grimpe devant un petit cabanon. Rouge Moulin, rouge l'été, la vie est chaude et ronde au creux de sa vallée, la route longue encore à musarder. Ce soir, des voix tranquilles monteront sur les bords de la Risle.

BROCANTE SURRÉALISTE

Montaure

C'est quelque part dans la campagne. A Montaure, sans doute, puisque la foire à la brocante porte ce nom générique. Mais c'est déjà un no man's land, où le plateau prend un air anonyme. Il y a quelques flonflons, une scène bon enfant où se déroule le très baroque concours du meilleur braiment — oui, l'âne est censé partager la vedette avec les choses du passé ; peut-être à cause de la mélancolie poignante de son regard.

Mais on sent bien que l'essentiel se trouve un peu plus loin, dans cet espace vague où s'empilent des extravagances ordonnées en rangées parallèles. Le temps est incertain en ce dimanche d'août, et le ciel presque mauve donne à la sécheresse de l'été une tonalité étrange.

Des flèches de soleil passent çà et là, éblouissantes, avec une acuité artificielle, puis tout redevient lourd, opaque, dans un air tiède et menaçant. Curieux décor, curieux théâtre. D'un stand à l'autre, les propos échangés se veulent désinvoltes, un rien désabusés — il paraît que les gens achètent de moins en moins.

Mais cette bonhomie commerciale semble surtout destinée à dissiper ce que le spectacle pourrait avoir d'envoûtant, de presque fantastique. Toutes ces choses posées sur l'herbe, au milieu de rien. Tous ces petits résidus de destins, de passé, échoués sur fond de champs immenses, à découvert.

Ce buste de femme, dont le visage pensif, presque douloureux, n'aurait qu'une tristesse sage à distiller sur fond de papier peint, de cheminée Napoléon III... Ici, le front devient immense à se découper sur le ciel, à s'éterniser sur la plaine. C'est comme une fièvre intérieure qui se mettrait à battre aux tempes, un petit air d'éternité glacée dans une songerie de cauchemar.

Une paysanne? Peut-être, peut-être pas. Sous le foulard simple, les bandeaux de cheveux sont si soigneusement ourlés. Quelqu'un qui vous reproche d'être là, qui vous reproche d'être à vendre.

Le vent se lève, le mauve se fait noir. En quelques secondes, une averse torrentielle balaie les travées. Des parasols s'envolent, des journaux. On s'abrite sous

les pommiers, dans les voitures. Puis l'orage tourne
court aussi vite qu'il est venu, la brocante reprend ses
droits.

Mais le regard de la statue va me poursuivre au long de
toutes les allées. C'est avec lui que je découvrirai ce télé-
phone du début du siècle. On croirait y entendre la grand-

mère de Proust, quand le narrateur de la *Recherche* dit à
quel point la voix d'une personne peut traduire sa maladie,
son usure, sa fragilité.

Et le regard de la statue s'éclaire d'une nostalgie souriante quand se déploient sur une nappe blanche les verres
dorés des fêtes d'autrefois.

Plus loin, deux chevaux de bois ont cessé de tourner
sur le manège des jours. Ils se découpent à présent sur
fond de lampe, de vaisselle. Où sont passés les rires des
enfants ? Mais le soleil revenu leur donne encore la force de
lever la jambe vers le rêve d'un galop.

Sur une table ouverte à l'horizon des champs, de
grands livres rouges aux pages dédorées dorment d'un
sommeil désolé. Quel enfant aurait encore la force de

s'emparer de ces kilos d'aventures encombrantes, de s'embarquer dans cette odeur de vieux grenier ?

Et pourtant, rien qu'à les regarder, comme l'époque semble proche des distributions de prix officielles et guindées ! Mais pour toujours *L'Ile au trésor, Robinson Crusoé* ont pris leur vol sous d'autres formes. Alors les gros bouquins de luxe mort gardent pour eux leur papier si crémeux, leurs gravures funèbres et recherchées.

Au milieu de ces nobles ancêtres, les rebuts plus récents prennent un air pauvret, navrant. Quoi, déjà de la brocante, ces poupées Barbie, ces Albator fluorescents, ces séries de romans « Duo » ou « Harmonie » ? Plutôt une façon précipitée de vider sa mémoire en la troquant contre bien peu d'argent. Je préfère m'en revenir au trio de mannequins sans tête, à la chaise longue en bois tressé, aux chaises blondes en harmonie avec le cheval brun, si paisible dans son herbage.

Des bribes de passé flottant dans un tableau de Magritte : un appareil radio muet se découpe sur le ciel, une poupée sans jambes sourit, gracieusement penchée dans le parc à boulier. Tous ces fantômes du dedans qui goûtent un peu le vent, la piste des nuages. Le ciel a pris ce gris plombé des rêves obsédants. Les choses parlent avec les champs.

LA PROMENADE DU DIMANCHE
Jardins du château de Miserey

C'est toujours un privilège de pénétrer dans un domaine privé. Même si, cette année, une cinquantaine de jardins hautnormands « ouvrent leurs portes » jusqu'à l'automne, quelques-uns d'entre eux, en cours de rénovation, ne se sont offerts au public que lors des dimanches de juin.

Le plaisir n'en fut que plus précieux de déguster ainsi, en petit comité, une balade raffinée, une balade du dimanche, un rien cérémonieuse et parfumée.

Juin. Le grand mois des jardins. Le grand mois de tant de choses. Par les premières vraies chaleurs, les lycéens jouent leur destin, le bac est dur à vivre dans l'odeur du seringa, le goût des cerises. Dans les écoles, les collèges, on vit les minuscules et terribles frayeurs des spectacles — et le jour de la générale, on se dit que rien ne sera prêt.

Oui, toute cette effervescence, et puis quand même, le matin, cette fraîcheur, cette paix — les oiseaux chantent bien tôt encore, mais ils ont perdu la folie batailleuse de leurs ébats de mai. Avant de partir au travail, on sort dans le jardin pour prendre son café, pour regarder tout ce qui a poussé.

Oserai-je dire que j'ai vu se dessiner dans le mien la forme improbable et miraculeuse de deux grappes de chasselas — oui, deux beaux raisins de trois centimètres de longueur au moins ? C'est pour ce genre de révélations qu'il

est bon de sortir le matin dans son jardin. Le soir, surtout, c'est délicieux ; on s'attable pour jouer sous le pommier, et puis, tout doucement, on voit moins bien, l'odeur du chèvrefeuille monte et l'on est bien, demain il y a tant à faire, mais à présent tout à fait rien ; c'est beaucoup mieux que des vacances.

S'en viennent les dimanches. Les dimanches de juin n'ont pas cette démarcation des dimanches d'hiver entre le matin gai, l'après-midi de presque ennui, de vide et de mélancolie. Non, la journée reste d'une sérénité légère, d'un calme étale sous le ciel bleu et mat.

En Normandie, cette clémence inhabituelle du ciel est là pour faire chanter tous les verts. Comme il nous manque, dès qu'on s'éloigne vers le sud, ou même la côte bretonne, ce vert normand qui donne à tous les parcs et les jardins une petite touche britannique avec en plus une molle douceur, une onctuosité…

Britannique alors, l'atmosphère de ce parc du château de Miserey où Mme de Roumilly nous accueille avec un enjouement paisible ? Le château de brique rose-orange est bien français, bien XVIIIᵉ. On y jouerait volontiers une pièce de Marivaux en décor naturel. Bien française aussi la chapelle aux murs bas, aux ogives romanes. Français encore, et XVIIIᵉ ce goût des jardins symboliques où les allées, les « chambres » d'arbres, les contours

des buissons, veulent cacher des secrets plus profonds que leurs ombres portées, des mystères étouffés dont leur essence végétale ne serait que la structure et le chemin.

Difficile pourtant d'oublier l'Angleterre, dès que l'on parle de jardin. La maîtresse des lieux nous fait longer ses *mixed borders* qui, n'en déplaise à tous les ministres potentiels de la francophonie, ne gagneraient pas grand-chose à s'appeler « plates-bandes herbacées ».

Il faut donner un nom aux choses que l'on aime. Un vieux réflexe de mauvais élève cependant, une érudition des plus modeste en matière horticole, une mémoire déjà défaillante se conjugueront pour m'empêcher de retenir tous ces noms que Mme de Roumilly égrènera au long de la promenade, et qui sembleront familiers parfois à plus d'un membre de notre petit groupe. J'ai gardé les euphorbes, pour ces inflorescences jaune clair vaguement phosphorescentes ; mais je ne pouvais oublier que l'opulence blanche de la clématite répondait au patronyme de Madame Lecoutre.

Et j'ai tellement aimé les feuilles vert pâle, blanches et roses de l'actinidia… que je m'en suis souvenu. Je connaissais déjà les hampes bleues des delphiniums, l'avalanche du deutzia. Mais parmi toutes les essences rares, j'ai goûté le charme tout simple d'un cognassier des plus ordinaires sans doute, mais qui se penchait joliment à côté de la petite mare ronde, contre la serre.

Il y avait encore tant et tant de merveilles, des digitales roses aux iris parfumés. Puis la maîtresse des lieux nous emmena par le sous-bois : c'était un peu comme un passage initiatique vers un autre jardin, qui semblait lui tenir plus à cœur encore. De part et d'autre d'une allée qui menait à une chambre de sept arbres, nous vîmes bientôt se dessiner les perspectives de l'enfer, du purgatoire, enfin du paradis.

L'enfer ? Des poivriers du Japon, des berberis, des églantines, une infinie variété de petits rosiers, tous plus griffus les uns que les autres. Insensiblement, on passait ensuite vers l'éden des rosiers sans épines. Avec ses connotations paradisiaques, le nom de Zephirine Drouin m'est resté en tête.

C'était bon de marcher ainsi de l'ombre à la lumière, et de l'enfer au paradis, dans le silence de feuillage et d'eau. Bien loin de la fureur du siècle, il y a des gens qui mènent les jardins vers quelques rêves. C'était le jour de la finale de Roland-Garros. Dimanche après-midi.

IL PLEUT SUR L'OR

Forêt de Monfort

Tout l'automne à la fin n'est plus qu'une tisane froide »,
écrivait Francis Ponge. Mais il y a juste avant quelques
jours à cueillir. Bien sûr, on n'ose plus parler d'été indien.
Bien sûr, on se résigne à revenir aux pluies qui glissent vers
l'hiver, si doucement. Dans les jardins déjà presque nus,
quelques dahlias, quelques cosmos posent encore des
taches mauves ou roses, à peine délavées. Mais la forêt a
gardé toute sa lumière. Elle vient du sol ; on marche dans
l'automne, on marche dans les feuilles, on marche dans
l'odeur.

La forêt de Monfort a le charme changeant de ces
espèces variées qui rythment le mystère des allées, avec
juste assez d'épineux pour faire chanter la palette
incroyable des feuillus. Il pleut, en ce mercredi bien tran-

quille. « Une vraie journée d'automne », entendait-on dire dans le bourg. Oui, une vraie journée à sortir avant tout pour le plaisir de revenir au chaud, un vrai ciel sourd et gris pour étouffer les bruits, pour protéger, peut-être.

L'allée cavalière est bien déserte, au creux du vallon. Dans les flaques d'eau, les dernières feuilles tombées flot-

tent encore à la surface, passent du jaune à l'ambre. Mais tout au fond, une masse indistincte et grisâtre, à moitié déjà terre, à moitié parchemin, a plongé de l'autre côté. L'air est presque trop tiède. Un éclat de soleil fugitif vient jouer sur l'eau.

Je relève la tête. Au-dessus d'un bouleau agité par le vent, le ciel a pris l'éclat mauve éblouissant des minutes d'avant l'orage. Si la lumière vient du sol, le ciel est à l'envers, et déploie comme une mer en furie des remous de vagues ternes ou presque violettes, tournoyant autour de rochers invisibles. Dans cette lumière fantastique, les branches du bouleau sont devenues des rameaux d'or.

Le tonnerre n'a pas grondé, mais la pluie, un instant en suspens, redouble à présent. Je gagne le couvert. La pluie n'est plus qu'un bruit, rassurant, monocorde, qui fait comme une ligne de basse sur laquelle les rafales de vent viendraient jouer la mélodie.

Je suis l'allée étroite, c'est toujours un peu Brocéliande quand le cercle de lumière s'éloigne tout au bout, et donne envie d'aller plus loin, plus profond, vers quelque chose à découvrir et qui dort en soi-même. Les fougères hésitent encore entre le roux et le vert pâle. Le sol est fauve. Les pas s'enfoncent délicieusement. Odeur des feuilles, bien sûr, à la fois presque fade et entêtante. Et puis l'odeur des champignons. Les champignons! C'est le grand souci du moment. Après un été aussi sec, on  s'était fait à l'idée de ne pas en trouver du tout. Les premiers cèpes à la fin du mois d'octobre, c'était comme pour aviver les regrets, dans une année qui ressemblait décidément un peu à soixante-seize. Et puis voilà que novembre, douceur et pluie aidant, est devenu le grand mois des champignons.

Novembre! On l'imagine toujours corbeaux sur la plaine, voix des morts et silence. Et pourtant, presque chaque fois, novembre est le vrai mois d'automne flamboyant, même sous le ciel gris, à cause du ciel gris, peut-être, de la rousseur qui vient d'en bas. Où sont passées les trompettes-des-morts?

C'est la grande question des chercheurs dans nos contrées, ces derniers temps. Mais les cèpes sont là.

D'abord, à profusion, le bolet des charmes, au pied rugueux, légèrement grisâtre. Plus caché sous les feuilles, ton sur ton, le bai brun, chapeau visqueux mais d'une belle couleur chocolat, et déjà si parfumé. Enfin, récompense des récompenses, le vrai cèpe de Bordeaux, dont un seul exemplaire suffit à embaumer toute une fricassée.

Quel bonheur chaque fois de découvrir un beau champignon neuf, évident et secret ! Cette soif-là ne s'étanche pas. Elle mène les allées, et le plaisir d'automne. « Une rose d'automne est plus qu'une autre exquise », écrivait Malherbe. Est-il permis de dire : « Un cèpe de novembre est plus qu'un autre délicieux » ?

Peu de cèpes au demeurant, ce matin-là, dans les bois de Monfort. Mais tant de ces « mauvais » qui font tout le plaisir des yeux, et dont la reine demeure cette amanite tue-mouches si généreusement répandue dans nos sous-bois.

Comment peut-on être si belle et vénéneuse ? On ne tranchera pas la question, de peur de sombrer dans un sexisme de mauvais aloi. Il vaut mieux s'engourdir sous la pluie tiède presque abstraite ; ne plus penser à rien, mais devenir ce bruit de feuilles sous les pas, et ce rond de lumière, là-bas, au bout de l'allée cavalière.

UNE RUMEUR ET SA LUMIÈRE

Villalet

Fraîches au regard, douces à flâner, les petites montagnes russes qui longent la vallée de l'Iton! C'est quelque part entre Évreux et Damville. L'alternance entre plateau et vallée qui caractérise le département y devient un tutoiement, un côtoiement, un frôlement infatigables. Hop! en quelques boucles sinueuses la route descend. Déjà on sent le goût de l'eau. On va longer la rivière en langueur nonchalante. Mais hop! on remonte vers le plateau. Le mot plateau ne convient d'ailleurs guère, avec ce qu'il évoque de platitude morne et de fadeur céréalière. Ici, bois et forêts alternent avec les champs de blé, avec de tout petits villages : Champ-Dolent, Orvaux, Manthelon.

La matinée d'été est belle, le soleil apparaît. Mais pour la première fois, le ciel bleu ne se découvre pas avec cette assurance mate qui annonçait la canicule, ces jours derniers. Il faut à ce petit coin de jolies ressources de vert profond pour avoir résisté à l'implacable flamboiement du mois d'août.

Même le Pays d'Auge dans ce qu'il a de plus frais semblait brûlé quand j'y passai, avant-hier! Mais dans l'espace

entre les boucles de l'Iton et la forêt, le vert a résisté. Il brille avec un éclat retrouvé en ce matin léger.

Bien sûr, il suffit de se laisser aller pour trouver la surprise attendue, le coin fragile où tout le meilleur de la contrée va se cristalliser, se révéler comme une évidence. Ce petit pont l'annonce, juste après le virage. Il faut s'arrêter pour laisser passer les canards, qui ne semblent pas stressés par la circulation. A vrai dire, il faut même sortir de la voiture pour les faire se dandiner un peu plus vite. Mais une fois dehors, on n'a plus qu'une envie : celle d'abandonner l'automobile et de continuer à pied.

Au centre de la route, les canards. A gauche, une ferme endormie dans le blond des moissons faites. Un chien aboie juste ce qu'il faut, sans s'approcher — la journée sera longue. A droite, une cascade à contre-jour, dans le vert civilisé : «Le Moulin du Coq», annonce le panneau. Une maison noyée de vigne vierge, avec les fenêtres ouvertes qui boivent l'air et la rumeur de l'eau. Car c'est la tonalité dominante qui va m'accompagner désormais.

A l'époque où tant et tant sont bercés par l'insistance obsédante des «appareils sous tension» — la musique monotone qui convoie sournoisement les ondes de la fatigue nerveuse —, c'est un luxe délicieux de s'accompagner à l'Iton. Oui, comme on s'accompagnerait à la guitare, au violoncelle. Les oiseaux jouent la mélodie changeante. Mais l'accompagnement c'est la rivière,  la promesse d'une permanence fluide et rafraîchissante. Une musique qui fait de la lumière.

Passé le pont, laissé derrière moi la ferme et le moulin, je marche le long de la route en suivant le cours de l'Iton. Si j'en crois les écriteaux qui jalonnent la forêt sur ma droite, les herbages sur ma gauche, la vie doit être précieuse ici, car on dissuade les envahisseurs avec une insistance un peu vexante : pièges — vipères — forêt privée — pêche interdite. Ça fait partie du jeu, sans doute, et l'interdit crée le désirable.

Au reste, il n'est pas interdit de se laisser prendre par cette atmosphère presque tropicale que les feuillages denses installent au-dessus de la rivière, et que renforce sur la berge la densité des sureaux, des carottes sauvages. Et puis, il y a enfin un panneau qui n'est pas une menace : Villalet. Dès l'amorce du village, un signe me réconcilie avec la civilisation : un abri-bus rustique au toit de chaume. Ainsi les petits matins des écoliers ont-ils ici le charme de la cabane et l'authenticité de la Normandie !

Tout à côté se dessine la silhouette romantique de la curiosité locale : une église ruinée, mangée de lierre, mais dont les formes sont restées assez fermes pour donner à tout le paysage une atmosphère spirituelle. Il y a même une pierre d'autel qui joue avec le soleil, et domine une nef étrange où les arbres ont poussé. Les maisons s'égrènent au long de la rivière. Le second point atteint, on croit qu'il faut déjà s'en retourner, mais un petit chemin s'ouvre sur la gauche. Il faut le prendre, et le suivre à son gré, pour mêler le plus loin possible la rumeur de l'eau, la chaleur des champs. D'un côté, l'odeur acide des orties, la touffeur d'un vert presque bleu, çà et là troué d'argent par l'affleurement de l'Iton. De l'autre, la paix des champs déjà moissonnés, ponctués de balles de paille.

Une autre rumeur monte aux marges des buissons : celle de tous les insectes d'août, voraces dévoreurs de fleurs, de fruits tant attendus. Un chemin de campagne, entre le blond et le vert sombre, une parole de lisière entre les deux côtés de la vallée. Une rumeur et sa lumière.

LA NEIGE EST NOTRE MADELEINE

Beaumontel

Enfin elle est venue. Je
n'y croyais plus trop,
et me résignais à finir mon
troisième hiver de balades
sans neige, sans neige sous
les pas, sans neige sous les
mots. Bien sûr, quelques
signes l'appelaient, quelques sagesses anciennes en
forme de dicton :

«A la Chandeleur,
l'hiver meurt ou prend
vigueur!»

Mais il valait bien mieux ne plus rien espérer. Les mots
ne mentaient pas, pourtant. L'hiver de cette année après la
Chandeleur a su prendre vigueur, et puis prendre douceur.
Douceur. Quel silence soudain sur la première neige qui
tombe dans le soir! On sort sur le pas de la porte, déjà
gagné par cette fièvre. Bien sûr le sol est froid, bien sûr elle
devrait tenir, mais elle est si coquette, la neige de chez
nous, si prompte à la promesse et à la désertion. On a toujours le cœur qui bat quand elle s'annonce en pétales
légers. On joue les durs, les résolus, on fait preuve d'un
fatalisme détaché : «Oui, ça pourrait bien tenir!»
convient-on du bout des lèvres. Pourquoi sortir alors
toutes les cinq minutes pour voir si le ballet s'est arrêté?
Mais non, il continue! Un sourire involontaire monte aux

lèvres, un sourire venu de loin, peut-être du passé, peut-être de l'enfance.

Nos cœurs ne sont pas savoyards ; pour nous, la neige restera toujours comme un petit miracle. Parfois, c'est un peu long ; mais le plaisir est fort comme l'attente. La neige est notre madeleine ; elle tombe proustienne dans son pre-

mier soir, et déjà fouille au creux de nos mémoires. Ce n'est pas seulement la neige du présent : il y a quelques hivers en nous, quelques neiges lointaines — assez pour tracer un chemin de l'une à l'autre, trop peu pour que le pouvoir s'en dilue. J'avoue m'être réveillé plusieurs fois, en cette nuit de vendredi ; j'avoue avoir scruté le ciel opaque, le sol clair, l'averse oblique des flocons dans la lueur des lampadaires. Quand la neige s'est arrêtée, tout le quartier semblait flotter dans une nuit de fête, un bonheur assourdi, penché vers le réveil des enfants, des enfances.

Le samedi matin, le soleil est venu poser des reflets orangés sur la perfection blanche. Au parc Parissot-de-Beaumontel, j'avais mes marques enfouies dans la dernière neige. Le parc Parissot.

Curieux destin que celui de cet Albert Parissot, issu d'une très riche famille parisienne, et qui choisit notre Normandie pour aider les hommes, et devenir moins politicien que philanthrope. Il nous reste de lui ce parc ouvert à tous, ouvert à ceux, pas si nombreux, qui aiment encore le silence, la solitude. La vallée de la Risle coule en contre-bas, les arbres cachent de leur mieux les signes esthétiquement discutables que notre civilisation a cru bon d'ajouter au paysage. Le mot « parc » est un peu gourmé pour exprimer le charme de cet enclos de forêt, de nature profonde, çà et là ponctuée de petites constructions désuètes et un peu folles, qui ne servent délicieusement à rien,

si ce n'est à la joie des enfants, à l'imagination de tous.

Ce parc est un ailleurs. La neige de ce samedi matin le détache davantage encore, étouffe les échos du monde proche. Dans l'allée solennelle, entre les pins, une trace, une seule, et cette flèche de soleil qui vient mieller la neige et faire l'ombre plus bleue. Sur les troncs abattus, la couche d'oubli prend une ampleur fourrée irrésistible : on ne peut s'empêcher d'y passer la main, un peu surpris que cette hermine puisse être mouillée. Même les branches mortes se parent de pure beauté, dans un contraste noir et blanc austère qui ne manque pas d'allure. Mais le détail que je préfère, ce sont ces feuilles rousses des charmes ou des châtaigniers que la neige a délicatement saisies dans leur habit d'automne.

Le soleil d'hiver, la fraîcheur douce de la neige irriguent d'un sang neuf ces feuilles de papier qui restaient accrochées sans raison, sans autre espoir que de mêler les couleurs, les saisons. Devant la maison-temple ouverte en demi-cercle sur la vallée, les marches ourlées de velours blanc sont demeurées intactes. Les vitres sont cassées, une statue-centaure a disparu, mais il reste la magie de cette petite folie, envahie aux beaux jours par les jeux des enfants, retraite pour les amoureux, halte pour les promeneurs solitaires — un lieu qui fonctionne très bien, précisément parce qu'il n'a rien de fonctionnel, et que seule la fantaisie l'a installé dans le décor, comme un sourire léger du passé.

Depuis longtemps, la sirène de midi a retenti. La matinée n'en finit pas d'oublier l'heure. A ciel ouvert sur le ciel bleu, à ciel fermé capitonné de branches lourdes incurvées, les allées n'en finissent pas de prolonger ce cotonneux plaisir de s'enfoncer, d'inventer une trace au fil des pas, de retrouver sans les chercher des traces de douceur ancienne. On ne dit rien, ou bien peut-être seulement : « Tu te souviens, il y a cinq ans ? » Parc Parissot, la neige n'oublie pas.

LA DATCHA PRÈS DE LA RIVIÈRE
Livet-sur-Authou

Le plein été. Cette sensation que tout à coup l'année s'arrête, perd sa singularité, se met à ressembler à toutes les années, tous les étés. On s'intéresse au tour de France. On s'intéresse aux tours de France. Oui, dans chaque image du peloton lancé sur les routes d'Auvergne ou de Bigorre s'inscrivent en filigrane tous les pelotons du passé.

A travers les roues lenticulaires, on devine les boyaux croisés sur les épaules de Lapébie ou de René Vietto. Il faut de la chaleur, aussi. Dans nos contrées normandes, on la trouvera vite accablante, même si les soirées restent fraîches. Chez nous, l'été s'en vient toujours quand on n'y croyait plus vraiment. Mais on le boit, madré, sans faire semblant de s'étonner.

Cette année encore, le rallye-vélo du collège m'a fait découvrir un de ces petits coins secrets, magiques, ignorés par tous ceux, trop nombreux, qui vont trop vite. Un de ces petits coins que l'on garde à part soi, en se disant qu'on reviendra.

Livet-sur-Authou.

C'est là que m'attendait cette lumière étale du plein été. Le creux d'après-midi. Le grand soleil. Dans les jardins, ce sont les roses qui dominent, un peu de rouge, un peu de jaune. La route se rétrécit, longe un herbage. Des chevaux bruns suivent la barrière courbe avec une élégance nonchalante.

Entre les arbres, entre les haies se dessine la silhouette d'un château. Un clocheton, une tourelle, des murs brique

et vanille… Puis tout de suite cette place où l'été donne rendez-vous.

Est-ce le cèdre immense qui fait l'harmonie ? Peut-être. Il déploie sous ses branches bleues une ombre si tentante. Un banc désert est là comme une invite à s'arrêter, à contempler. Le cèdre oui, mais aussi la maison du garde. Grande maison de bois aux fenêtres égayées de géraniums.

Étonnante maison slave, datcha de Tourgueniev échouée en Normandie. Il y a un charme particulier dans ces domaines où la maison du gardien a quelque chose en plus, une originalité qui fait dire : « Je me contenterais bien de la maison du gardien. » Façon de se montrer modeste, si l'on veut ; façon de dire aussi que le pouvoir des lieux est souvent dans leur abord, leur lisière. Ici, le chalet du gardien a cette étrange austérité qui donne envie de pénétrer d'autres secrets. Alors on longe le parc, dans la ruelle réservée « aux riverains ». La haie vive est bien haute. Feuilles d'érable ou d'églantier, on ne sait trop si c'est de là que vient le parfum de l'été, ou du fossé, carottes sauvages et fleurs de camomille.

Le château ? On l'aperçoit de çà, de là, dans une trouée du feuillage. Son style néo-gothique semble fait pour ça, pour l'entourer de mystère avec un premier plan, des branches : une perspective libre le révélerait sans doute un brin trop policé.

Non, ce n'est pas en côtoyant le jonc que je préserverai cette sensation d'harmonie, de plénitude estivale. Il me faut revenir vers la place, découvrir une mini-cascade qui

chante dans le parc. M'approcher de la rivière. Au pied du lavoir, l'eau est si fraîche, des petits veaux sont affalés dans la prairie, sous un pommier. L'odeur d'orties, l'odeur des vaches, le geste de la main pour dissiper le vol d'un taon : tout cela fait aussi l'été.

L'été, le temps s'arrête, alors le cimetière est un jardin tranquille. Tout près du cèdre, à deux pas du lavoir, c'est une jolie clairière pour dormir l'éternité. Il y a toutes les tombes solennelles de la famille Join-Lambert, députés, sénateurs, conseillers d'État, doyens du conseil général.

Il y a de simples carrés d'herbe, et la trace gravée de Théodule Lainé «bon époux, bon père», mort il y a juste cent ans. Le vent jouait-il la même musique dans les peupliers ? Mais c'est sous le porche à colombages de l'église que l'on est le mieux au cœur des choses. De là, dans une courbure d'ogive, on voit se dessiner la perfection tranquille de ce monde qui semble déjà si familier : le lavoir, la prairie, le cèdre et la datcha, les tombes et l'if au premier plan, au loin les chevaux dans le contre-jour.

A Livet-sur-Authou, l'été se ressemble et s'endort. On resterait des heures, l'après-midi ne passe pas. Quelques pas au soleil. S'accouder sous le porche. Fumer une pipe sur le banc. Plonger ses mains dans la rivière.

ATMOSPHÈRE SIMENON

Quillebeuf par le Marais Vernier

Je ne pensais pas à lui, en quittant Pont-Audemer, en abordant la petite route sinueuse qui longe des prés gorgés d'eau. Ce n'était pas vraiment dans sa couleur, c'était un peu trop la campagne, un peu trop loin de l'homme. Pourtant, il aurait bien aimé ce grand espace austère, à la mélancolie prenante, à la tonalité gris-vert. Quel bout du monde, ce Marais Vernier ! Roseaux et liserons, rangées de saules au long des chemins d'eau. Arbres crevés, ouverts, à l'écorce de pachyderme, arbres secrets, porteurs de tant de brumes et de pluies, de légendes, de tant de temps dilué dans les eaux mortes. Le ciel de septembre s'était fait gris et sourd, pour souligner la perfection distante de ce lieu coupé du monde, sans regret. Septembre dans les haies, avec les mûres en rouge et noir dans le creux des ronciers,

avec ces lanternes blondes oblongues du houblon qu'on
dirait en papier, et cette odeur de menthe. Quelques cris de
corneille déchirant le silence, un peu de noir sur les couleurs anglaises.

Et puis la route monte, et c'est Saint-Samson-de-
la-Roque : après la plaine aqueuse et son charme immo-

bile, le paysage s'ouvre, et
semble respirer. Sous des
nuages hollandais à la Van
Ruysdael, le panorama se
découvre avec cette ampleur
toujours un peu triste qu'ont les
estuaires, quelques fumées au
loin perdues dans le ciel gris.

On redescend, sans
autre but que celui de prolonger ce climat différent, cette
idée de presqu'île enclose au
fond de soi. Sans même s'en

apercevoir, on est à Quillebeuf, et l'on se croit d'abord dans
Maupassant. Des ruelles en pente descendent vers la Seine.
Des enfants courent. Un chat se roule sur le muret chaud
d'un jardinet. Les gens s'interpellent :

« Alors, c'est comme ça qu'on garde le magasin ? »

Tout le monde semble se connaître, et le rythme paisible de la vie donne envie de s'attarder, de musarder. Il
faut s'approcher des maisons. Chacune a son histoire,
contée en quelques mots par un petit écriteau — ce n'est
pas un hasard si la douceur de vivre du passé semble ici
préservée. Demeures à pans de bois — celle du cordier a ce
raffinement d'une corde sculptée dans le bois de la sablière.
Sur une façade Renaissance, visage d'un bourgeois taillé en
bas-relief. Tous les petits détails, modestes et délicieux, se

dévoilent pas à pas, jusqu'à cette finesse étonnante de voiliers gravés dans l'ombre d'un passage. L'église est tout à fait dans la couleur, avec juste ce qu'il faut d'élan gothique et de douceur romane. Elle a aussi son voilier suspendu, nef dans la nef. On peut paisiblement l'admirer, car la porte n'est pas fermée — petit détail qui veut tout dire.

Le talent du présent souligne à chaque coin de rue le parfum du passé. Il y a les noms, déjà : rue Eugène-Suplice, 1833-1921, instituteur, maire de Quillebeuf-sur-Seine ; rue du Moulin ; Sergenterie ; Rouennerie ; rue du Casse-cou. Une plaque apposée sur la mairie en l'honneur de Charles Théophile Feret, poète normand, 1859-1928.

Mais il y a aussi ces jardins minuscules fleuris entre les grilles. Une ardoise sur l'appui d'une fenêtre : « Pommes — 30 F le cageot ». Il y a cette poste-maison, noyée dans sa glycine. Il y a surtout cette inscription gravée au front d'une demeure ancienne : « L'homme vivant par justice et raison, servant à Dieu de cueur, de faict et dict, les gens de bien diront que sa maison est ici-bas un petit paradis. »

J'étais bien loin de Simenon. Et puis je suis descendu vers la Seine. C'est là qu'il m'attendait bien sûr, fumant sa pipe, accoudé au ponton envahi par les mouettes. Plus loin, des joueurs de pétanque jouaient près du phare, et des enfants faisaient semblant de se pousser dans l'eau. Mais lui, il regardait le bac, obstinément, comme si de ce trans-bordement tranquille, de ce voyage rituel pour des rêves à marée basse naissait le secret du tempo des jours. Sur l'autre rive, le décor usinier ne semblait pas le déranger. Raffineries Esso, United Chemical. Pourquoi pas, après tout. A l'abri de son regard cela devenait presque beau, et le talent muet de Quillebeuf, dans son dos, en vivait davantage.

Par contraste bien sûr, et puis parce que la vie c'est ça, prendre le bac entre le beau, le laid, le bonheur et la peine. Dans le petit café, il allait prendre un alcool blanc, se réchauffer d'un peu d'humanité en buée transparente. C'est ça, sans doute, un écrivain, juste un regard tranquille et qui traverse après la mort les marais du silence. L'heure d'hiver se penche vers le soir. Au loin des torchères s'allu-ment. Simenon regarde la Seine à Quillebeuf.

SI SAGE AU BORD DU LARGE
Aizier

C'est par le bord de l'eau qu'il faut commencer. Le silence est si grand, en cette matinée de novembre, qu'il appelle un espace, une distance. On l'éprouve déjà, dans ce coin solitaire, à prononcer ces mots : parc de Brotonne.

Avant d'être dans un village, on est quelque part au cœur du parc de Brotonne, dans une terre vague et protégée, dans une idée. Le ciel est sourd, mais d'une opacité fragile, avec des dégradés de gris qui annoncent déjà la venue tardive du soleil, vers midi, peut-être. L'été indien a été si flamboyant que c'est presque bon de retrouver un peu de douceur pâle, un peu de vrai novembre — jaune des feuilles et gris fumée, couleurs de Bruges.

C'est bon aussi de se sentir tout contre la forêt, dans cette boucle de la Seine. Le fleuve est si large, déjà. Son ampleur n'a pas ici l'aspect rassurant des images du livre de géographie : on n'aperçoit pas de pont au loin, pas de perspective explicite. C'est une ampleur qui semble se gonfler pour elle-même, et faire basculer les images dans un monde indécis.

A gauche, le moutonnement de la forêt s'étire à l'infini,

 on pourrait se croire loin de toute civilisation. Devant soi, l'eau est jalonnée de repères plus ou moins mystérieux, bouées sophistiquées, constructions métalliques servant à l'évidence à la navigation : mais pour un aussi mauvais élève que moi, ce sont seulement des signes étranges, qui soulignent l'ambiguïté d'un passage.

Ce n'est plus tout à fait un fleuve, et pas encore la mer. Des signes pour une méfiance, un danger propre à ce lieu différent. A mes pieds, l'eau bouge à contre-courant, je me souviens de ce cours sur Victor Hugo, le mascaret, Léopoldine…

A droite s'ouvre un chemin qui longe la Seine. « Danger d'enlisement », annonce le panneau au bord d'une petite mare. De fait, sans tomber dans l'exubérance des marais tropicaux, on amorce là une marche inattendue au cœur des branches enchevêtrées des saules.

On pourrait marcher loin sans doute, mais je veux voir le cœur d'Aizier, et m'en retourne sur mes pas. Soudain, un long cargo s'annonce, et vient m'apporter la sensation fluviale qui me manquait : ces clapotis ébranlés sur les berges, et l'odeur âcre qui monte tout à coup.

Entre les bords de Seine et le village, dans cet espace incertain qui prolonge la rive, un jeu pour enfants fait la transition : un tourniquet mouillé, désert sous les peupliers. Comme on est loin de l'été !

La première maison donne le ton : bois peint de blanc, volets verts, elle ressemble à celle de Marguerite Yourcenar. On ne vit pas ici par hasard, et cela se sent dans une manière à la fois naturelle et recherchée d'habiter les jardins, de se resserrer autour de l'église. La silhouette romane de cette jolie église du XIe a ce je ne sais quoi de britannique qui flotte dans tout le village. A ses pieds, la « dalle à trou d'homme » témoigne d'une allée couverte, sépulture collective préhistorique.

Aizier a donc tout un passé. Son présent boit les premiers rayons pâles du soleil. Il est plus de midi. D'un pan de mur à l'autre, les vignes vierges flambent. Les feuilles larges tombent. C'est ce rouge profond qui fait la dominante ; mais çà et là, les derniers dahlias, les roses les plus tardives complètent la palette en pâleur adoucie. Devant cette chaumière, les hortensias ont perdu toute leur couleur, et demeurent pourtant, élégants, comme des vieilles dames souriant encore au bord de la vie. Les chaumières sont belles à Aizier.

Elles ont cette opulence toute en courbes des toits qui ont vécu, qui parlent. Les gens sont aux maisons, sans doute. Je marche dans les feuilles entre les jardins sages. Il y a juste un petit air du large qui joue avec le vent.

À L'OMBRE DE DELPHINE-EMMA

Ry

Yonville-l'Abbaye (ainsi nommé à cause d'une ancienne abbaye de Capucins dont les ruines n'existent même plus) est un bourg à huit lieues de Rouen, entre la route d'Abbeville et celle de Beauvais, au fond d'une vallée qu'arrose la Rieule, petite rivière qui se jette dans l'Andelle, après avoir fait tourner trois moulins vers son embouchure, et où il y a quelques truites, que les garçons, le dimanche, s'amusent à pêcher à la ligne. »

Ainsi commence le premier chapitre de la seconde partie du roman célébrissime de Gustave Flaubert, *Madame Bovary*. Personne aujourd'hui ne conteste plus sérieusement à Ry le privilège d'être la source principale, le modèle très proche du Yonville-l'Abbaye de Flaubert.

Bien sûr, il faut, comme dans tout roman, faire la part

des caprices de la création, qui mêlent des bribes de réali-
tés diverses. Plus que tout autre roman sans doute, tant
celui de Flaubert a été composé, recomposé tant et tant de
fois.

Malgré le tournage du film de Claude Chabrol à
Lyons-la-Forêt, malgré quelques thèses opposées, Ry est

bien le Yonville de Gustave. D'abord parce qu'il est le
bourg de Delphine Couturier, la femme d'Eugène Delamare, qui avait été l'un des élèves du père de Flaubert à
l'Hôtel-Dieu de Rouen. Une jeune femme, épouse et mère
de famille, sombrant dans l'adultère puis se suicidant, laissant un mari désespéré qui mourra de chagrin un an plus
tard, tel est le fait divers qui avait inspiré le romancier…

En ce dimanche ensoleillé d'octobre, la pierre blanche,
près du porche de l'église, se chauffe doucement, dans un
silence, une paix bien éloignée des fureurs et des désespoirs
sentimentaux : « A la mémoire de Delphine Delamare née
Couturier, Madame Bovary. 1822-1848 ».

Voila d'emblée la note qui donne le ton. Delphine
Couturier, Madame Bovary : les deux lignes se succèdent

sur la pierre. Plus qu'un parallèle, c'est une osmose étrange.
La fiction ne se contente pas de rejoindre la réalité. Elle la
dépasse, lui donne une vérité d'une autre essence. Ainsi, au
pays de Proust, se promène-t-on désormais dans les rues
d'Illiers-Combray, le Combray du romancier ayant rejoint
sur les panneaux le « vrai » Illiers.

A Ry, c'est la
même alchimie,
qui donne au
bourg une autre
perspective, et fait
que l'on s'étonne
de marcher si
aisément sur des
traces si lourdes.
Au demeurant, le
village n'a pas
besoin d'Emma
pour revendiquer
son charme. Ce porche en bois de chêne où l'on devient
guetteur des prés penchés, des vaches qui paissent alentour,
est un petit bijou de la Renaissance, décoré des motifs
ornementaux les plus variés.

On descend vers la halle. A gauche s'ouvre la commu-
nauté des sœurs du Sacré-Cœur d'Ernemont, belle maison
de brique et pierre. Puis on voit se dessiner sur un pan de
mur, entre colombages et vigne vierge, l'enseigne d'un lion
d'or, qui rappelle l'hôtel de Flaubert. Non, décidément,
rien ne peut faire oublier le roman. C'est le lion d'or, puis
c'est l'auberge, la halle, et quand les lieux n'évoquent
plus la trame de l'histoire, ce sont les commerces qui
reprennent le flambeau de cette mémoire virtuelle : le
jardin d'Emma, bar Le Flaubert… Tout au bout de la rue

«la rue, (la seule), longue d'une portée de fusil et bordée de quelques boutiques», tout près des eaux fraîches du Crevon, la galerie Bovary invite à une promenade au pays des automates.

Mais plus que le banquet de noces reconstitué, c'est la pharmacie d'Homais qui fascine, temple doré, flamboyant de la bêtise éclairant le monde. Elle est si chaude, si vivante, avec tous ses bocaux, qu'on croirait y entendre la voix du propriétaire bougonner quelque sentencieuse attaque contre la religion.

Oui, le bourg a son musée. Mais on a l'impression d'avoir déjà franchi la porte de la galerie Bovary dès qu'on pénètre dans la rue, qu'on longe les boutiques où quelque chien s'ennuie, où des horloges en grand concert marquent le temps qui ne voudra plus fuir…

A Ry, un petit vague à l'âme court les rues, tout près de la mélancolie d'Emma, de Delphine, de cette hésitation puis de ce mariage entre le rêve et le réel. Un rien léger, une fumée qui flotte et qui ressemble à cette cigarette imaginée par le poète Jacques Réda : «J'imagine la mise au point d'une mixture grisante, faussement franche à l'abord grâce à une proportion judicieuse de brun dans le maryland de base, et libérant soudain une pernicieuse réserve de vanille virginienne, gorgée d'aromates ottomans. »

«Je ne fumerais moi-même que rarement de ces cigarettes à migraine. Mais j'aimerais en apercevoir l'image à la fois vulgaire et tragique dans les débits et, dans le brouhaha des halls de gare où l'angoisse et la solitude n'ont plus que l'amitié de la fumée, entendre parfois un jeune homme un peu blême demander à la buraliste : "Un paquet de Bovary, madame…" * »

---

* Jacques Réda, «La Bovary sans filtre», in *L'Herbe des talus*, Gallimard.

LE JARDIN MOUILLÉ

Giverny

Les touristes s'amenuisent. On ne fait plus la queue sur le trottoir, pour pénétrer dans la maison. Tout redevient plus simple, un peu plus vrai, un peu plus calme. Fraîcheur grise, fin d'été : cela suffit pour que tout recommence à vivre, à respirer.

Venir à Giverny dans le jardin mouillé, quand octobre déjà flamboie en vigne vierge rougeoyante sur les murs alentour, quand tout autour le village soudain ressemble à un village, avec ses habitants, son école à la cour penchée, son rythme, son identité. Octobre. Le nom est doux à boire, coule dans la gorge comme un vin muscat. Octobre à Giverny, c'est la promesse d'un automne à la française, où l'onctuosité de la Normandie se mêle à l'aristocratie d'une Ile-de-France toute proche. Partout, au début de l'automne, on fait de la gelée de coings, de mûres. Ici, Monet marchait dans son jardin, et préparait des confitures de lumière.

J'entre dans le jardin gris et mouillé. Gris. Je ne l'avais jamais vu chanter dans cette tonalité qui semble froide, et cependant… Les asters, les cosmos aiment la douceur de ce

gris, qui rend plus éclatant le blanc, plus délicats, plus nuancés le bleu, le mauve pâle, savamment déclinés en touffes de fraîcheur jusqu'au crépi rosé de la maison, à ses volets vert sombre.

Quelques gouttes tombent, et je me dis qu'il faut rentrer, comme si j'étais chez moi. Tout est ici si familier : le bruit des pas sur le gravier, les odeurs avivées par le début d'averse. Au pied des marches, je m'arrête un instant.

Au-dessus de la rampe, à travers les lanternes vaguement chinoises d'un fuchsia, la petite porte verte aux vitres embrassées est si vivante. Ce n'est pas un gardien qui pourrait la pousser tout à coup, mais une cuisinière d'autrefois, le torchon sur l'épaule, et sur la tête un bonnet blanc gaufré.

Dans la maison, l'atelier tapissé de copies du maître ne me parle guère — on ne vient pas ici pour trouver des copies. Mais juste avant, dans une pièce minuscule, il y a ces deux meubles amusants où l'on rangeait les œufs. L'idée de chaleur blonde, de sensualité fermière, s'accorde délicieusement au raffinement bleu des estampes japonaises. Depuis la chambre du premier étage, c'est bon de regarder le jardin en contrebas, en se sentant un peu seigneur des lieux, au seuil d'une fraîche journée d'octobre.

La pluie s'est arrêtée. Des parapluies se ferment au hasard des allées, une flèche de soleil vient de jouer sur les asters, les capucines. Je vais les retrouver, juste entre deux ondées. Mais d'abord m'attarder un peu dans la lumière jaune de la salle à manger, dans la lumière bleue de la cuisine, avec ses théories de casseroles en cuivre, sa cuisinière en fonte généreuse et monumentale — on imagine des parfums, des gestes vifs, des vitres embuées…

Dans le jardin trempé, les dahlias sont les vedettes de l'automne, du rose dragée au rouge sang, du pastel au velours, avec au bord de leurs pétales ce qu'il faut de légèreté, mais au cœur de la fleur ce qu'il faut d'opulence. Les cléomes ébouriffés affectent de ne pas trop s'en vexer, mais non, vraiment, leur rose est un peu grêle, leur forme trop sophistiquée. Quelques roses tardives et sombres se rouillent imperceptiblement, stoïques et penchées, comme accablées par le poids de leur beauté finissante.

Plus loin, deux amoureux s'embrassent sur un banc, près de l'étang des nymphéas. Monet aurait aimé cette lumière entre deux pluies, cet éclat furtif d'un soleil menacé. Devant le pont japonais, tout étonné du silence nouveau, du charme retrouvé, un sumac déploie voluptueusement la luxuriance orangée de son feuillage tropical. Tout au long de l'étang, les érables sont d'octobre en rouge pomme, en jaune mordoré.

Près des roseaux, d'un aster mauve, la barque en bois vert pâle, avirons sagement couchés, invite au voyage presque immobile, dans un infime clapotis qui n'effaroucherait ni les reflets des saules en longues chevelures, ni les feuilles pâlies flottant sur l'eau. C'est ça, aussi, le miracle de Giverny : malgré les autres, chacun y redevient soi-même ; chacun trouve au bord de l'étang ce reflet du bonheur qui chante pour lui seul son secret de lumière.

COMME UNE COUR D'ÉCOLE

Le marché du Neubourg

Un peu comme Péguy faisait sa présentation de la Beauce à Notre-Dame de Chartres, il serait tentant d'écrire une présentation du plateau du Neubourg à l'église Saint-Pierre-et-Paul. De toutes les routes, souvent si rectilignes, menant au Neubourg, de tous les champs immenses s'étendant alentour monte une espèce d'obédience, de dévotion respectueuse à cette compacte silhouette aux tours inachevées. Il faut bien ce point d'ancrage dans l'espace, ce cœur de quelque chose pour donner un sens à l'océan de vague, de plat gourd.

Le Neubourg est une métropole. Pas une de ces villes surprises nichées dans le méandre d'une rivière, comme l'Eure en possède tant. Le Neubourg est un centre : allez-y un mercredi matin, jour du marché, bien sûr, mais attention. Vous n'y trouverez pas un de ces marchés frivoles conçus pour aguicher le flâneur, le passant. Le marché du Neubourg, c'est plus qu'un vrai marché : c'est la vraie vie.

Le déploiement d'un marché fébrile est bien nécessaire pour faire oublier ce qu'ont d'un peu trop vaste les deux

places ouvertes devant l'église. La première, la place Aristide-Briand, vaut surtout par les souvenirs de l'ancien château, auxquels se mêlent la forme imposante de la Maison Neuve, immense bâtisse à pans de bois, et la salle d'armes, où fut montée en 1660 *La Toison d'or* de Corneille. Une petite baie du XIIIᵉ sourit encore du côté des passants. Mais c'est la seconde dédiée au souvenir de Dupont de l'Eure, qui donne toute sa lourde envolée à l'église Saint-Pierre-et-Paul. La statue de Dupont de l'Eure y semble presque anecdotique, en proportion. Pourtant, son inauguration fut paraît-il prétexte à une scène des plus savoureuse, la tribune des officiels s'étant effondrée. L'un d'eux se nommait Gambetta.

Le bonimenteur qui vend du drap non loin de là le mercredi matin ne semble pas troublé par ces ombres solennelles.

— Ça, c'est d'la cochonnerie ! J'vous l'donne !

Joignant le geste à la parole, il fourre des torchons dans les mains d'une ménagère à demi convaincue qui reste là quand même, pour écouter la suite. En face, le marchand de gâteaux a déployé tout un trésor. Mais si, vous savez bien, ces cartes à jouer mi-gaufrettes mi-nougats, ces macarons ornés d'une cerise, ces poissons à la confiture… Et l'on se sert soi-même avec une petite pelle idoine, et des moments cruels d'hésitation devant tant de richesses égales. Juste à côté, le charcutier harangue les chalands à propos d'un boudin «comme on en f'sait y a trente ans!». Même un mercredi pluvieux de janvier, tout ce petit monde est fidèle au poste, et la morosité supposée de l'atmosphère s'efface devant un tel déferlement de chaleur humaine.

Mais c'est au chevet de l'église, de l'autre côté, que le marché atteint son apogée. Là se sont rassemblés les vrais produits de la campagne. Les taches orangées des citrouilles, des potirons, l'onctuosité de la crème dont le fermier remplit les pots à la louche, avec une lenteur suave. Des carottes, des oignons, que sais-je? Et puis des œufs, partout… Certains semblent intéresser au plus haut point un adorable petit lapin blanc truffé de noir. Ah oui, les animaux sont au rendez-vous, et ce sont eux, les vedettes du lieu! Il y a de tout, même en janvier, un vrai bonheur pour les enfants… et pour les grands, aussi. Les plus surprenants : les furets, étonnant mélange de douceur jaune fourrée et d'acidité pointue dans le bout du museau. Les plus hiératiques : les dindons, dont les goulous-goulous horrifiés entament un peu la majesté stupide. Et puis la jolie rousseur des poules, et puis ces reflets bleus aux plumes des canards. Et encore des chiots en rond dans un couffin, et des perruches sages dans leur cage…

Pour traverser l'hiver, il faut des rendez-vous. Pour oublier tout le brouillard des champs, il faut la vie des hommes. Le mercredi matin, Le Neubourg secoue la torpeur des campagnes froides. C'est une fête rituelle, où les choses et les mots, les parfums, les couleurs, les silhouettes en blouse grise ou noire s'accordent, sans chiqué, sans tapage. Jamais autant qu' ici je n'ai senti combien sonnait vrai cette jolie phrase de Goscinny : « Un marché, c'est comme une cour d'école qui sentirait bon. »

TANT QU'IL Y AURA
DES RUES EN HERBE...
Grosley-sur-Risle

Saisir le temps, le cueillir quand il passe : c'est tout le jeu de ces balades poétiques. Matin de gel, matin de neige, ébauche d'une vague bleue sur l'horizon du champ de lin : chacun des moments de l'année offre ces rendez-vous fragiles qu'il faut saisir avant le redoux, les nuages, avant la brume ou la chaleur — avant que le temps n'efface ce que le temps avait donné. Parfois cette fragilité se double d'une interrogation. Après des saints de glace assez cléments, les premiers soleils chauds de mai sont-ils les « faux beaux jours » que redoutait Verlaine, ou le début d'une saison ? La question est dans l'air, soufflée par le vent du lilas. Faut-il profiter du dehors avec un zeste de folie, ou morceler sagement sa folie en doses homéopathiques, en prévoyant d'autres soleils ?

Les Normands ne posent jamais trop longtemps la question. « Un tiens, ce dit-on... » La morale qui prévaut chez nous est bien celle de La Fontaine, et cette année encore ce fut une belle explosion. Nous avions pourtant quelques certitudes : pas de fleurs de pommiers roussies, pas de cerises informulées, aucune promesse de ces gels tardifs que nous attendons d'ordinaire avec une hypocrite résignation — à invoquer le mauvais sort, on finit par le conjurer. N'importe : nous avons fait comme si, avec ivresse ; comme si l'ennemi virtuel, comme si la menace tardive nous donnaient droit à la volupté pure de l'instant.

A Grosley-sur-Risle, la petite église aux murs appareillés de pierre blanche et de silex, au toit de tuiles anciennes, se chauffe au soleil blond — il est trop tôt pour demander aux tilleuls proches la complicité de leur ombre. Sourire aux lèvres, le buste du comédien René Alexandre veille sur la quiétude de l'endroit. Tout près de là, un jardin potager mêle des fraisiers en fleur, des bleuets, et l'éclat fauve de poules picorant au pied d'un lilas. Oui, c'est bien le lilas qui domine, en arôme léger dans le vent frais, en branches déferlant pardessus les murs et les clôtures. Du presque rouge au mauve pâle, des jardins animés aux jardins silencieux des maisons parisiennes, c'est le lilas qui donne la tonalité majeure, sur fond de feuilles mates et lisses. Lilas fêté au cœur des parcs, lilas presque oublié aux lisières des herbages, sauvage ou bien apprivoisé, avec toujours ce port digne, cette fierté de vieille dame qui sentirait bon. Sous le lavoir blotti contre le pont, les reflets du soleil sur l'eau courante font danser les murs de planches, et tout est pourtant si calme, si pénétré d'une fraîcheur silencieuse. Deux pêcheurs taciturnes

font cingler dans l'air un fil moins friand de poisson que
de sérénité conquise. L'église, un pont, quelques maisons
agglomérées : le tour est vite fait de ces sagesses rassemblées
sous l'éclat du soleil.

La route qui commence à peine à s'incliner, je la
connais par cœur, elle mène tout de suite à la forêt ; je
prendrai l'autre, et son méandre
plat qui danse vers les champs.
C'est le vent fou, sans doute, qui
a semé des graines de pavot, de
giroflée au creux des herbes
hautes, devant les maisons : la
rue est un jardin. C'est drôle ;
les pas du hasard mènent toujours vers un ailleurs que l'on
n'attendait pas. Si le mot « rue »
vous fait songer au macadam, au
goudron, au bitume, sachez que
Grosley-sur-Risle peut vous
offrir une rue d'herbe. Elle s'appelle rue des Ormes. Le
panneau parfaitement municipal démentait ce que l'apparence du lieu pouvait laisser supposer de privé : je l'ai donc
empruntée.

C'est délicieux, une rue d'herbe. L'idée, d'abord —
peut-on donner définition plus exquise de la civilisation ?
Et puis, la réalité. Passé deux haies et deux maisons, je pensais voir se terminer la rue des Ormes en arrivant au bord
de la rivière. Dans l'eau, un enfant se baignait près d'un
pêcheur — on eût dit un tableau de Carl Larsson. Mais
après ce premier coude, la rue suivait son cours. J'aime
l'herbe coupée quand elle côtoie une herbe haute. Il y a là
toute une philosophie britannique, un mélange de liberté
et de modération ; à l'avidité bornée de l'arasement systé-

matique, ce contraste substitue un équilibre différent :
entre l'homme et la nature, ce n'est plus une lutte, mais
une amitié.

Mais que dire d'une rue d'herbe qui oublie les maisons
pour s'avancer dans la campagne en conservant sa largeur
avenante ? Que dire d'une frange d'herbe haute dont le vert
profond se marie avec celui du blé ployé sous la houle du
vent ? Que dire d'une rue qui mène du lilas à l'aubépine, à
l'églantier ? Car cette odeur sucrée, cette douceur de talc
flottant dans l'air sont bien liées à la blancheur des fleurs
sauvages poussant au hasard des haies vives — et curieusement l'idée de village flotte encore jusque-là, à cause du
mot « rue », à cause de l'herbe coupée.

A droite, les champs au soleil, le vol des papillons d'un
jaune acide, et tout au fond le moutonnement lumineux
de la forêt. A gauche, une autre lumière, plus secrète et
sourde, glanée au fil de la rivière. Des coins de pêche, évi-
demment, et puis ces passages précipités du cours de l'eau
quand les cailloux affleurent, entre deux zones élancées,
fluides et sombres. Je n'ai rien inventé. Il y a des rues qui
mènent du fil du blé au champ de l'eau, et du lilas à
l'églantier.

En 1992, sur la planète Terre, dans le tout petit village
de Grosley-sur-Risle, il y a une rue d'herbe. Si elle sert à
quelque chose, je lui pardonne. Mais ce serait tellement
bien si elle ne servait à rien !

TABLE

Table 151

Table 153

De vert, de pierre et d'eau
Abbaye de Mortemer
66

Harmonie baroque et couleurs d'aquarelle
Parc du château de Beaumesnil
70

Le Roumois à l'été de la Saint-Martin.
Harmonie bleue et miel
Bosc-Roger en Roumois
74

Tous les verts
Ferrières-Saint-Hilaire
77

Table 155

Table   157